継《まま》母《はは》の連れ子が元カノだった
Mamahaha
Tsurego
Moto kano
7
もう少しだけこのままで

「生足よりストッキングの方がエロくないですか？」
「……いや、どういうコメントを求められてるんだよ、僕は」
伊理戸水斗
Mizuto Irido
結女の元カレにして義兄弟。親友だからと、いさなには何かと甘い。
東頭いさな
Isana Higashira
基本ぼっちなラノベオタク少女。水斗にフラれたはずが、世間的には水斗の彼女認定されている強者。

「こんなところでサボってたのね」
伊理戸結女
Yume Irido
美少女優等生として高校デビューに成功した、水斗の元カノにして義姉妹。
「あっ、いたいた〜！」
「おい、手を放せって……！」
南暁月
Akatsuki Minami
川波の幼《おさな》馴《な》染《じ》みにして元カノ。小暮を恋愛アレルギーすれすれにからかうことがマイブーム。
川波小暮
Kogure Kawanami
水斗と結女の関係を見守る、自称"恋愛ROM専"。

「近いです。離れてください先輩」
星辺遠導
Todo Hoshibe
元生徒会会長の三年生。大学の推薦が決まっていて暇なので、生徒会室によく出没する。
「んじゃ、おれはもう一眠りしてるから」
「うーん、つれないところもきゃわゆい！」
明日葉院蘭
Ran Asuhain
生徒会庶務の一年生。学年三位の成績を誇り、新入生代表を務めた結女のことをライバル視している。
亜霜愛沙
Aisa Aso
生徒会副会長の二年生。後輩の前では頼れる先輩風だが、星辺の前では……？

継母の連れ子が元カノだった７

もう少しだけこのままで

紙城境介

角川スニーカー文庫

22723

目次 Contents

illustration: たかや Ki
design work: 伸童舎

好きな人が家にいる

伊理戸《いりど》水斗《みずと》◆心を決めた後の世界

かつて、初めての彼女ができた中学生の僕は、世界のすべてが輝いて見えるようだ——なんて、どこかで聞いたような感想を宣《のたま》っていたものだ。

多少は人生を知った今の僕には、世界が輝いて見えたりなんてしない。朝の気怠《けだる》さも、散らかった自室も、何もかもが普段通りで味気がない。ただひとつ、変わって見えるものがあるとすれば——

「——あっ」

朝、部屋の外に出ると、パジャマ姿の結女《ゆめ》が同じく部屋から出てくるところだった。解《ほど》いたばかりなのか、長い黒髪がところどころハネている。寝起きだからか、もしくはまだコンタクトを着けていないのか、いつもよりも若干目つきが悪かった。

結女は僕に気付くと、慌てて口元を手で隠すようにして、

「ちょっ、やだっ、もう起きてたの!?」

「……たまにはな」

「もお〜！　油断してたあ〜！」

結女は手で顔を覆い、洗うようにくしくしと擦《こす》る。

別に、寝起きの顔を見るのは初めてじゃない。けれど、本質的には他人である僕に、気の抜けた顔を見られるのは、女子的に思うところがあるらしい。

確かに、中学生の頃の僕なら、何かしら反応を示していたかもしれない。

無防備な姿にどぎまぎするとか、油断した顔に幻滅するとか——でも、それは女子としての結女しか知らなかったからだ。彼女としての結女しか知らなかったからだ。

今の僕は違う。

「気にするなよ」

家族としての君を知っている。人としての君を知っている。

幻滅なんて、とっくにし切った。それでもこうなってしまったんだから、それはもう、仕方がない。

「家の中でくらい油断しろ。ただでさえ見栄《みえ》っ張《ぱ》りなんだから、そうじゃないと疲れるだろ」

結女は指の隙間から僕の顔を垣間見《かいまみ》る。

「……それって、気を遣ってるの？」

「一応」

「ありがとう……。ありがとう、だけど」

結女はくるりと背中を向け、自分の部屋のドアを開けた。

「私にもプライドがあるのっ！」

バタン！

と、寝起きの結女はドアの向こうに消え去った。

……うん。

やっぱり、中学生のときの気持ちには戻りようがないな。

伊理戸結女◆些細《ささい》なことでも大きくて

朝から水斗にだらしのない顔を見られた私は、鏡でチェックを重ねてから、ようやく再び部屋を出た。

よだれの跡とかはなくて命拾い。まったくもう、本当につくづく思うんだけど、好きな人が家にいるってめちゃくちゃ不便！　見せたい自分だけ見せるわけにはいかなくなる。

まあ、不幸中の幸いは、あの男が私の元カレだということだ——見られたくない姿なんてもう散々見られているし、寝起き顔の一つや二つ、今更ではある。ではあるけど、それはそれ、これはこれというか……。

まったく、今日は大事な日だっていうのに、これじゃ先が思いやられる。

「おはよう、結女。パン焼いてあるよー」

「んー」

リビングに降りると、お母さんが焼いてくれた食パンを頬張《ほおば》る。ダイニングテーブルの対面には、パンくずが散らばった空のお皿が置いてあった。そこは水斗の席だけど、本人の姿がない——たぶん、朝ご飯を食べてから、着替えるために部屋に戻ったんだと思う。

「ごちそうさま！」

パンと紅茶を飲み干すと、私はリビングから洗面所に移動した。歯を磨くためと、身だしなみをもう一度チェックするためだ。

すると、そこで、

「あ」

シャコシャコシャコ、と。

鏡を眺めながら歯ブラシを咥《くわ》えている、制服姿の水斗がいた。

水斗は入ってきた私に気付くと、無言でちょっと横に避《よ》ける。私のスペースを空けてくれたらしい。

出直すのも何だか避けてるみたいだし、順番待ちをするほど狭い洗面所でもないし……

というわけで、私は水斗の横に立ち、自分の歯ブラシを手に取った。

シャコシャコシャコシャコ……。

無言で歯を磨く男女が、鏡に映っている。

もちろんのこと、別に初めての状況ではない。ないんだけど……改めて、何だか不思議な状況だなあと思う。

一番不思議なのは、この状況に私が慣れてしまっていることだ。中学時代の私、あるいはこの家に越してきたばかりの私なら、肩が触れ合うような距離で並び、しかも会話がないなんて状況、気が気じゃなかったことだろう。

けど今は、ひどく自然で、当たり前で、むしろ安心感すらあって。……たった半年程度しか経《た》っていないのに、人間というのはよくできているものだと感心してしまう。

水斗がコップを手に取り、水を溜《た》めて、がらがらぺっと口の中を濯《すす》ぐ。

その後、なんと制服の袖で口を拭おうとしたので、私は歯ブラシを咥えたまま「んー！」とそれを止めた。

「ん！」

タオルを突きつけると、水斗は「ああ……」と溜め息なんだかお礼なんだかよくわからないことを呻《うめ》いて、それで口を拭いた。

続いて私も口を濯ぐと、水斗からタオルを受け取った。口を拭っているうちに、水斗は洗面所の出口に足を向ける。支度が楽そうでいいわね。私はこの後、リップクリームを塗らないと。

ポケットに入れて持ってきたリップを手にしたとき、鏡の端に映り込んだ水斗が振り向いているのに気付いた。

「……何？」

振り返って訊《き》くと、水斗はじっと私を見て言う。

「今日からだろ」

「え？」

「生徒会。……頑張れよ」

――先日、私たちの学校で生徒会長選挙が行われた。

立候補者は一人。

それゆえ信任投票となり、あの人は実に98パーセントもの信任を得て、我が校の新たな生徒会長となった。

新会長の名前は紅《くれない》　鈴理《すずり》。

そしてその推薦によって、私――伊理戸結女もまた、新たに組閣された生徒会執行部の一人に名を連ねたのだった。

今日から、その活動が始まる。

ちらっと話したことはあった気がするけど……覚えていてくれたんだ。

「……ありがと。頑張る」

水斗は肯《うなず》いて、洗面所を出ていった。

それから、私は改めて鏡を見て、リップクリームを唇に塗る。

「うん」

すごくいい感じに塗れた気がした。

伊理戸結女◆永遠の三番手

波のように寄せては返す不安と期待を胸にして、私はそのプレートを見上げた。

生徒会室。

この私立洛楼《らくろう》高校をまとめ上げる生徒会。選ばれたたった数人が入ることのできる部屋――なんて言うと、ちょっと持ち上げすぎか。

でも、今まではただ帰るだけだった放課後に、いつもの教室とは別の部屋の前にいる。

ただその事実だけでも、言い知れようのない高揚感があった。

「……よし」

私は意を決して、ドアを叩《たた》こうと手を持ち上げ——そういえば、と思い出して止める。紅副会長——いや、会長が言ってたっけ。ノックは来客がすることだ、客ならざる生徒会メンバーはノック不要——

私は手を下ろすと、そのままドアのつまみに指を掛け、えいやっと横に引いた。

「失礼します！」

最初が肝心と、珍しく声を張りながらドアを潜《くぐ》る。

特段、変わったところのない部屋だった。

手前に応接用らしいソファーセットがあり、奥には会議に使うらしい長方形の机とホワイトボードがある。

壁際の棚には無数のファイルが詰め込まれている他、誰かの私物っぽいぬいぐるみやテーブルゲームの箱なんかが納められていた。

手前のソファーセットにも奥の会議机にも人の姿はない。

まだ誰も来てないのかな？

そう思いながら、一歩、部屋の中に歩を進めると——

不意に。

視界の端に、小さな人影が入ってきた。

「うわっ!?」

「…………」

びっくりして仰《の》け反《ぞ》った私を、その子は警戒する猫のような目で見つめてくる。

背の小さい子だった。

たぶん暁月《あかつき》さんといい勝負なんじゃないだろうか。

髪型は運動部のようなショートカットで、顔つきは幼いものの可愛《かわい》らしく整っている。けど、眉間に軽くしわを寄せているせいで、気難しそうな印象を持ってしまった。

たぶん一年……だと思う。小《ち》っちゃいし。胸元のネクタイも赤色だ。

いや、だけど、ただひとつ、一年生とは思えない部分が――部位がある。

で……デカい。

胸が……デカい。もしかして、東頭《ひがしら》さんや円香《まどか》さんと同じくらい……？　いや、背が小さいからその分、大きく見えるだけなのかもしれない。どちらにせよ、背丈は似たような感じなのに、暁月さんが怒り狂いそうなスタイルをお持ちの女の子だった。

どうやら、入口のすぐ横にある棚を眺めていたらしい。それで最初、私の視界には入らなかったのだ。

生徒会の人……？　だよね？　生徒会室にいるんだし。一年だとしたら、私と同じ新入りってことになるけど……。

不意の遭遇によって、頭の中で練っていた挨拶が全部吹っ飛んでしまった。ひたすら固

まるしかない私を、低身長巨乳少女は値踏みするような目で眺めて、

「……伊理戸結女さん、ですよね？」

わずかに敵意の滲《にじ》んだ声で、訊いてきた。

え？　何？　初対面よね？　私、もう何かやらかした？

「そ……そう、だけど」

「わたし、明日葉院《あすはいん》です」

彼女はずいっと距離を詰めてきながら、私の顔を睨《にら》み上げる。

「あ……明日葉院、さん？」

「そうです。明日葉院です。明日葉っぱが落ちる病院と書いて、明日葉院です」

何だか縁起でもない説明なんだけど……。これってどう返すのが正解なんだろう……？

「えっと……は、初めまして……？」

「はい。初めまして」

「あー……明日葉院さんも、今日から生徒会？」

「そうです。庶務です」

「そうなんだ……。私は書記。今日からよろし――」

「それだけですか？」

「え？」

それ以外に何が⁉

明日葉院さんは可愛らしい顔をむっとさせて、さらにずずいっと迫ってくる。ちょっ、おっぱいが！　おっぱいが当たる！

「わたし、明日葉院です！　こう言ったらわかりますか⁉　一学期の中間・期末ともに学年三位の、明日葉院ですっ‼」

「へえ〜、三位なんてすごいじゃない」

「一位と二位を独占している人が何を言ってるんですかあーっ‼」

「ひゃあわーっ⁉」

おもむろに両肩を掴《つか》まれ、ガクガクと前後に揺さぶられた！

「眼中にないって言うんですか‼　あなたたちきょうだいに頭を押さえつけられて、いつか抜いてやろうってずっと頑張ってるのに‼　名前すら見てないって言うんですか‼」

あ、そっか。三位ってことは、私や水斗のすぐ下に名前があったってことだ。

正直、自分と水斗の順位しか気にしてなかったから……。

「な……なんか、ごめんね……？」

「謝られたくなどありません！　わたしが見たいのは、あなたが順位表の前で悔しさに震えている姿だけです！」

負けず嫌いの一言では言い表しがたい女の子だった。

　明日葉院さんは私の肩を摑んだまま、据わった目で私の顔を覗《のぞ》き込む。

「……この生徒会でも、わたしは会長を目指します。あなたを押しのけて、わたしが会長になるんです。そうすればきっと、わたしの名前を覚えざるを得ないでしょう」

「あ、うん。大丈夫よ、もう覚えたから。明日葉院さん」

「簡単に覚えないでください！」

　どうしろと!?

　ずいぶんとパワフルな子と同期になってしまったらしい。暁月さんとはまた別の意味でパワーがすごい。

　明日葉院さんはふうと息をつくと、私の肩を放して周りを見回した。

「そういえば、もう一人の伊理戸さんはいないのですか？」

「うん。水斗——ええっと、弟は生徒会には誘われなかったみたい」

「そうですか……。ふん。確かに、彼女ができたという話でしたしね。恋愛なんかにうつつを抜かしている人が、栄えある生徒会に選ばれるはずがありません」

　私は笑顔のまま口を噤《つぐ》んだ。

　私自身は言うに及ばず、生徒会のトップである会長が、恋愛にうつつを抜かしまくって同じ生徒会メンバーを誘惑しているなんて、たぶん言わないほうがいい。

　それにしても、本当に広まっているのね、水斗と東頭さんのこと。向こうが一方的に意識していたとはいえ、直接の関わりがない明日葉院さんまで知ってるなんて……。

「……あれ？　そういえば、明日葉院さん」

「なんですか？」

「下の名前はなんて言うの？　その、覚えてなくて申し訳ないんだけど……」

すると、明日葉院さんは急に表情を曇らせて、視線を斜め下に逸《そ》らした。

「……下の名前は……」

伊理戸結女◆あざと明るい違和感先輩

「お！　蘭《らん》だー！　もう来てたんだ！」

声に振り返ると、髪の長い女性が嬉《うれ》しそうに入ってくるところだった。

背は高めながら、髪型はロングとツインテールを組み合わせたツーサイドアップというやつで、ちょっと子供っぽい。

肩から提げたスクールバッグにも、マスコットのキーホルダーがじゃらじゃらとぶら下がっている。失礼ながら、一見あざといファッションだった。

胸元のリボンは緑。二年生の先輩だ。

子供っぽい趣味の先輩は明日葉院さんに駆け寄ると、彼女の小さな身体《からだ》をぬいぐるみのようにぎゅーっと抱き締めた。

「早かったじゃーん。そんなにあたしに会いたかった？」

「十五分前行動を心掛けているだけです。離れてください先輩」

「うーん、つれないところもきゃわゆい！」

「きゃわゆくないです」

明日葉院さんは無表情で、ぐいぐいと先輩を引き剝がす。

先輩は名残惜しそうにしつつも、私のほうを見て人懐っこそうな笑顔を浮かべた。

「あなたが伊理戸ちゃんね？　すずりんから聞いてるよー。すっごい優秀なんだってね？」

「そっ、そんなそんな！　全然ですよ！」

というか、すずりん？　紅会長のこと？

「ふふっ。すずりんの目に適《かな》うなんてすごいことなんだから、ドヤればいいんだよ、ドヤれば。……あっ、自己紹介がまだだったね。あたしは亜霜愛沙《あそうあいさ》！　二年生！　そして今日から副会長！　これからよろしくね、後輩ちゃん！」

お手本を見せるかのようにドヤ顔をして、亜霜先輩は胸を張った。

他人のおっぱいのサイズに過敏な反応を見せる暁月さんと一緒にいるからか、私も初めましての女の人と会うと、どうにも無意識にそのスタイルをチェックしてしまうところがあるんだけど……亜霜先輩も結構なものをお持ちだ。腰は細く、お尻は小さく、絵に描いたようなモデル体型なのに、胸は私よりも大きく前に張り出していて――

　――ん？　あれ？

　……気のせいかな。何か違和感があるような……？

「蘭とは挨拶済んだ？　なんか伊理戸ちゃんのことをライバル視してるみたいなんだけど、失礼なことしなかったかなぁ？」

「い……いえいえ。大丈夫です。はい」

「『大丈夫』ってことは、したはしたんだね。やれやれだ。でも可愛いから許す」

　亜霜先輩はまた明日葉院さんを身体の前に抱き寄せた。明日葉院さんはもはや抵抗もせず、無視するかのような無表情だ。

　この様子だと、私が紅会長に勧誘されたように、明日葉院さんは亜霜先輩に勧誘されたんだろう。どういう経緯なのか訊《き》いてもいいのかな？　文実にはいなかったと思うけど、下の名前で呼んでるし、結構親しそうよね。

　と、そういえば。

「下の名前……『蘭』って言うのね、明日葉院さん」

「……そうですね、一応」

　明日葉院さんはなぜか渋い顔をした。さっきも下の名前を名乗りたがらなかった気がしたけど、どうしたんだろう？

「明日葉院、蘭……カッコいい名前ね。『院』が付く苗字《みょうじ》ってちょっと憧れる」

「あー、わかるわかる。金持ちっぽい感じだよねー」

「……わたしを、フルネームで呼ぶのはやめてください」

苦々しい声で、明日葉院さんが言った。

「好きじゃないんです。名乗るときは、苗字だけにしています」

「どうして？　……って、訊いてもいいのかな」

明日葉院さんは顔を俯《うつむ》け、少しだけ間を取って、

「小学校のとき……男子に『淫乱』って言われて、からかわれたんです。苗字の最後と名前をくっつけて」

……あー……。

ありそうなことだ。小学校の、たぶん高学年かな。辞書や漫画で見たエッチな単語を、やたら使いたがる時期。

明日葉院さんは亜霜先輩の腕の中でわなわなと震え始める。

「最初は意味がわからなかったんですけど、辞書で意味を調べて、すごくショックを受けました……。男子ってなんであんなに知性が低いんですかね？　オウムみたいに同じことを何度も何度も何度も……！　あんな生き物とは会話が成立しませんよ！　動物園みたいに檻《おり》にでもぶち込んでおけばいいんです!!」

相当に溜《た》まったものがあるようで、明日葉院さんは小さな拳をブンブンと振り、

「なのに年を経るにつれて周りの女子も彼氏とか作り始めて……！　恋愛なんかの何がいいのかわかりませんよ！　なんで自ら進んであんなオウムどもと一緒にいたいと思うのか！　本物のオウムを飼ったほうがまだマシです！　そうは思いませんかっ⁉」

明日葉院さんの剣幕《けんまく》に、私はただただたじろいでいたけれど、彼女を抱き締める亜霜先輩はにこにこと嬉しそうに笑っていた。

「とか言いながらこのおっぱい！　きゃわゆいよねー。ユニコーン的にポイント高し！」

言っている意味がわからなかったので、私は愛想笑いをしておいた。

伊理戸結女◆私立洛楼高校生徒会執行部

「やあ、集まってるね」

明日葉院さんたちの騒がしさとは対照的に、紅鈴理生徒会長は落ち着いた様子で生徒会室に入ってきた。

小柄なのに相変わらずの存在感で、自然と身が引き締まる。……そして、その影に潜むように、野暮《やぼ》ったい眼鏡をかけた男子——羽場丈児《はばじょうじ》先輩がついてきているのも、相変わらずだった。

「こんちゃー。すずりん。ジョー君も。お先に後輩とイチャついてるよ！」

「うん。キミの人懐っこさには頭が下がるよ愛沙」

「そりゃ、すずりんがお堅いからねえ。あたしくらいはやーらかくしてないとー。ね？ジョー君もそう思うよねー？」

「…………」

羽場先輩は無言で会議机のほうに行き、自分の鞄《かばん》を下ろした。

亜霜先輩は「むうー」とあざとく唇を尖《とが》らせて、

「いつまで警戒されればいいの、あたし？」

「ふん。胸に手を当てて考えてみるんだね」

「すずりんもいつまで根に持ってんの」

「根に持ってなんかいないさ。ただぼくは、一人称が自分の名前だった女子のことを覚えているだけさ」

「ぼくっ娘《こ》がなんか言ってるぅー」

紅会長に対してこんなにもフランクに接する人を、私は初めて見た。それはなんというか、この一年間、この生徒会室で積み重ねられた歴史を、ほんのわずかに垣間見《かいまみ》るような会話だった。

今は他人事《ひとごと》、何のことだかわからない会話。

……でも一年後には、私も似たような会話をしているのかもしれないと思うと、何だか不思議な気分だった……。

「あ、あのっ！」

私が呆《ほう》けていると、明日葉院さんが亜霜先輩の腕の中から脱出し、緊張の面持ちで紅会長の前に立った。

「わ、わたしっ……明日葉院と言いますっ。亜霜先輩の推薦で、このたび生徒会に入ることになりましたっ。未熟者ですが、こっ、今後とも、どうかよろしくっ――」

「よろしく、明日葉院くん」

紅会長はおもむろに明日葉院さんの手を取り、その瞳を見つめて笑いかけた。

あまりにも綺麗《きれい》なその微笑に、明日葉院さんはかーっと無言で顔を赤らめる。

「未熟者はぼくも同じさ。ぼくが間違いを犯したとき、どうかキミがそれを正してほしい。逆にキミが間違いを犯したら、ぼくが万難を排してキミを助けよう」

「はっ、ふぁっ、ひゃいっ……」

明日葉院さんは尚更《なおさら》ガチガチになって、こくこくと肯《うなず》く人形と化す。それを見て亜霜先輩が、「あーもう。このタラシがよー」と呆《あき》れたように呟《つぶや》いた。

さっきは、私に対抗するようなことを言っていたけど、……結局、明日葉院さんも、紅会長に憧れているのだろう。私と同じように。

会長は明日葉院さんの手を放すと、私のほうに目を向けた。

「結女くんも、本当にありがとう。ぼくの誘いを受けてくれて」

「いえ……自分の意思ですから。これからよろしくお願いします」

そつなく挨拶することに成功すると、紅会長の死角から、明日葉院さんがぐぬぬと悔しそうな顔をして私を睨《にら》んでいた。

「な、なんで伊理戸さんは下の名前で……」

「文実に同じ苗字の子がもう一人いてね。キミも下の名前で呼んだほうがいいかい？　蘭くん」

「ひゃっ⁉　あ、あうっ、ありがっ、ありがとうございますっ！」

深々と頭を下げる明日葉院さんに、微笑《ほほえ》んで肯きかけると、紅会長はすでに羽場先輩が着席して待つ会議机のほうに向かった。

「さあ、席に着きたまえ。メンバーは出揃《でそろ》った」

ホワイトボード前のお誕生日席に紅会長が座ると、続いて亜霜先輩が、そして私と明日葉院さんが、それぞれ椅子に腰を下ろす。

校則によって定められた生徒会役員は五人。

会長——二年生・紅鈴理。

副会長——二年生・亜霜愛沙。

会計――二年生・羽場丈児。

庶務――一年生・明日葉院蘭。

そして、書記――一年生・伊理戸結女。

紅鈴理生徒会長は、悠然と腕を組んで告げた。

「今日からぼくたちが、洛楼高校生徒会執行部だ」

伊理戸結女◆なぜかよくいるＯＢ

「……ふあ～あ……」

そんな欠伸《あくび》が聞こえたのは、私たち生徒会役員が座る会議机、からではなかった。

ガチャリと、ノブを捻《ひね》る音。

振り向けば、出入り口とは別にもう一つ、横の壁に扉があり、そこからぬうっと、大きな男の人が出てくるところだった。

で……デカい。

もちろん、今度は胸じゃなくて、身長の話だ。かなりの長身だった――１８０センチでは利かない。もしかすると、１９０にも届きそうな上背。何かスポーツをやっていたようなガッチリとした体格で、だけど髪が男子にしては長めで運動部っぽくは見えなかった。

制服を着ているからもちろん生徒のはずだけど、もっと年上に見える。だるだるに緩んだ胸元のネクタイは青色で、それは三年生の証《あかし》だった。

会ったことはないはずだけど、どこかで見覚えがあるような気がする……。

目元に涙を滲《にじ》ませて欠伸をする大きな三年生を見て、真っ先に驚いたのは、亜霜先輩だった。

「えっ？　センパイ!?　何やってるんですか、こんなところで！」

「あー？　ああ、亜霜か……。ちょっと昼寝だよ。昨日、朝まで配信を見ててなぁ」

「会長……」

呆れたように大きな三年生をそう呼んだのは、紅会長だった。会長？

「あなたはもう引退なされたのですから、資料室を仮眠室にするのはやめてください」

「まあそう言うなよ、紅。新たなスタートを切る後輩を見届けてやろうっていう、先輩の心憎い気遣いじゃねえか」

「推薦が決まっていて暇なだけでしょう？」

「そうとも言うな」

にやりと笑う大男に、紅会長は溜《た》め息《いき》をついた。それから、置いてけぼりの私と明日葉院さん、一年生組に向かって言う。

「一応紹介しよう。彼は星辺《ほしべ》遠導《とうどう》。前期の生徒会長だ。全校集会などで見たことがあるかもしれないね」

あ。……そうだ。確かに全校集会や、入学式でも見た覚えがある。在校生代表の挨拶をしていた、あの人だ。

私と明日葉院さんがそれぞれ挨拶すると、星辺先輩はポケットに手を突っ込みながら私たちを見下ろして、「んー」と首を捻る。

「聞いちゃあいたが、両方女子か。こりゃあ羽場の肩身がますます狭くなっちまうな。なあ？」

肩に大きな手を置かれた羽場先輩は、「いえ……」って控えめに否定したけど、星辺先輩はにやりと笑ってそれを無視した。

「よし。これからもちょくちょく顔を出すことにしよう。男一人じゃ羽場が可哀想《かわいそう》だからな。そうしようそうしよう」

「繰り返しますが、推薦が決まっていて暇なだけでしょう？」

「そうとも言うな」

紅会長が呆れた顔をする一方で、亜霜先輩がにまっと意地悪そうな顔をして立ち上がった。それから星辺先輩の巨体に近寄って、下から顔を覗《のぞ》き込むようにする。

「そんなこと言って〜、本当は愛沙ちゃんに会いたくなっただけなんじゃないですかぁ？」

「ねえな。それはねえ」

「恥ずかしがっちゃって、きゃわゆいですねぇ、センパイ♪」

「あーあー、相変わらずめんどくせえな！　お前は！」

亜霜先輩はころころと嬉《うれ》しそうに笑う。女子にしては長身な亜霜先輩だけど、それ以上に大きい星辺先輩のそばにいると、子供のように小さく見えた。

星辺先輩は悪《あ》し様《ざま》に亜霜先輩を追っ払い、逃げるように応接用のソファーセットに向かう。

「んじゃ、おれはもう一眠りしてるから、紅、適当に始めとけ」

「ええ〜？　逃げるんですか？　センパ〜イ」

「愛沙」

なおもわざとらしい、甘ったるい喋《しゃべ》り方で星辺先輩をからかおうとした亜霜先輩を、紅会長が柔らかくも鋭い声で止めた。

「大好きな星辺会長と会えて嬉しい気持ちはわかるけど、今は新入り二人をきちんと迎え入れるほうが先だよ」

「うぇっ!?　……大好きとか、誤解を生むようなこと言うのやめてよ、すずりん！　後輩の前だよ!?」

紅会長は無言で肩を竦《すく》めた。亜霜先輩は不服そうに唇を尖らせながら、自分の席に戻る。

……なるほどなぁ。

得心しつつ、私は対面に座る明日葉院さんの顔を覗き見る。そこには、拗《す》ねた子供のような、不満を押し隠した硬い表情があった。

進学校だろうと、生徒会だろうと、高校生というのは大して変わらないらしい。

思ったより柔らかい生徒会の空気がご不満らしい明日葉院さんとは逆に、私は新しい居場所となるこの部屋に、親しみやすさを感じるのだった。

伊理戸水斗◆東頭いさなと初めての

今日から生徒会の一員となる結女とは対照的に、僕はいつも通り今まで通り、放課後の図書室にいた。

ここのところ、放課後のみならず、図書室のみならず、昼休みでも教室でもつるむようになった東頭いさなは、ライトノベルの紙面に目を落としながら言う。

「ところで水斗君、何をしてくれるんですか？」

「ん？」

何をって何が？

いさなは窓際空調の上に持ち上げた裸足《はだし》を曲げたり伸ばしたりしながら、

「埋め合わせですよ。文化祭の後夜祭で放置プレイをかました埋め合わせ、してくれるんでしょう？」

「あー、そうか……。そんな話もあったな」

「そんな話ってなんですかあ！　割と楽しみにしてたんですけど！」

まあ、埋め合わせじゃなくとも、文化祭のときは、いさなには本当に世話になった――

僕としてもお礼をしたい気持ちはある。

「じゃあ逆に訊《き》くが、何をしてほしい？　僕にできる限りのことなら何でもしてやるよ」

「えっ？　いま何でもって言いました？」

ものすごいスピードで食いついてきたいさなを見て、僕は己の失策を察した。

ずいっと身を乗り出してくるいさなから逃げるように、僕は身を仰《の》け反《ぞ》らせる。

「な、な、何でもって……ドゥフッ。何でもって、言いましたよねっ⁉」

「キモいキモいキモい！　落ち着けキモオタ！　できる限りのことって言っただろ！」

「か、簡単ですよう……。へへ、えへへ。ちょっと我慢するだけですから……。えへへ！

ね？　ちょっとだけですから！」

恩がなかったら即通報しているところだった。僕はいさなの肩を摑《つか》んで引き剝がしつつ、

「……何をしてほしいんだ？　聞くだけは聞いてやる」

「えへ。あの、あのですね。前からですね、へへ、水斗君と行ってみたいところがありまして！」

「行ってみたいところ？」

「防音の効いた密室にですね、男女で入って、何時間かにつきいくらかで、ご休憩できる施設なんですけど！」

「オイコラ」

性欲の化身かこの女、と先制的自衛権を発動しようとしたその刹那、東頭いさなは鼻の穴を広げながら言った。

「――漫画喫茶！　一緒に行きませんか!?」

「…………」

……なんだ、そっちか……。


その看板がその建物にかけられていたことだけは知っていたものの、当然のこと、僕もその中に入ってみた経験はなかった。本が読みたければ買えばいいし、買うお金がなければ図書館で借りればいい――そもそも、小説に比べると漫画はそんなに読まないので、漫画喫茶というコンセプト自体が僕向けではない。

そこへ行くと、東頭いさなにとっては話が違うらしく、

「漫画って場所取りますし、何よりライトノベルに比べるとコスパが低いじゃないですか。

ラノベは一冊三時間ですけど、漫画は一冊一時間ですし」

「本をコスパで評価したことはないけど、まあ時間で言ったらそうなるな——内容的にも、ライトノベル一冊分を漫画化すると三冊だか四冊だかになるみたいだし」

「なのでまとめ読みしたくなるんですけど、そしたらお金がかかっちゃうんですよねえ」

　そこで漫画喫茶というわけだ。図書館には置いてないしな、漫画は。

　えへへ、といさなは笑い、

「まあ、水斗君と一緒にペアシートに入るのが、単純にドキドキして楽しいっていうのもありますけど」

「……こんなときでもない限り、君には一生縁がなさそうだしな」

「そうですねえ。水斗君は結女さんといくらでも行けるでしょうけど」

「そんなわけないだろ」

「そうですか？」

「過敏に反応するに決まってる、あの女は」

　脳味噌《のうみそ》がピンク色なんだ、ああ見えて。

「……ぬふ」

「なんだよ」

「わたし、男のツンデレも好きですよ？」

「何の話だ」

「ぬふふふ」

鬱陶しかったので軽く小突いて、僕たちはビル二階に入っている漫画喫茶に踏み込む。

予約はすでにウェブで済ませたらしい。人見知りを発動して背中に隠れてしまったいさなの代わりに受付を済ませ、ブースのほうに移動する。

「おー……」

いさなはパソコンが並んだオープン席や、天井までぎっしりと漫画が詰まった本棚などを、道すがら興味深そうに眺めていく。

「ソフトクリーム食べ放題……！　ソフトクリームが食べ放題なんですよ、水斗君！」

「らしいな。でも漫画読みながらソフトクリームって、食べづらくないか？」

「別腹ですよ、別腹！」

「腹が別でも関係ないと思うが……とりあえず、荷物置いてからな」

いさなが予約したのは、完全個室ペアシートの三時間パック。割り勘にすれば高校生にも優しい値段だ。

ブースの中は、床が丸ごとクッションのようになっていた。フラットシートというらしい。いさなが先に中に入り、ばふっと勢いよくお尻を落とす。

「おお～……」

　僕が扉を閉めると、決して広くはない密室の中を、いさなはぐるりと見回した。

「なんか、いいですね。世界を閉め出したような感じです」

「世界を閉め出した……なかなか面白い表現だな」

　確かに、外の情報をほとんど遮断したこの感じは、なかなかどうして悪くない。広い場所よりもずっと自由な気分になる。僕たちの性には合っているのかもしれない。

「水斗君、靴下脱がしてください～」

「先に漫画取ってこないとだろ」

「あ、そうでした」

　僕が荷物を下ろし、改めて扉を開けると、いさなはずりずりと四《よ》つん這《ば》いでブースを這い出てくる。

　そして本棚のゾーンに移動した。

「これだけの漫画が読み放題か……」

「テンション上がりますね！」

　確かに……このぎっしりと詰まった本棚を見上げるだけでも、なかなかの壮観だ。

　僕がいくつか漫画を抜き取ってぱらぱらとめくっているうちに、いさなは「あ、これ。これも」と次々に胸に本を抱えていく。

「うあ～！　五巻から先がない～！　誰ですか、独占してるのは！」

「他人のことを言えないぞ、今の君は」

両腕で抱え込んでいる二〇冊ほどもある漫画を眺めながら、僕は呆《あき》れる。絶対に読み切れないだろ、三時間じゃ。

いさなセレクションの漫画を半分受け持つことにして、僕たちはブースに戻る。ソフトクリームは手が塞がっていたので諦めた。

パソコンが載った机に持ってきた漫画を積み上げて、いさなは「よしっ」と脇を締める。

「それでは改めて！」

と言いながら、足を僕のほうに伸ばしてきた。

皆まで言わずともわかる。僕はフラットシートの上でいさなの靴下を脱がしてやった。

「こうしてると、何だか水斗君のお部屋にいるときみたいですね～」

「それだと金を払ってる分、損だけどな」

「いえいえ、いつもとは違うじゃないですか。制服ですよ、お互い！」

「ああ、それでか」

「はい？」

きょとんと小首を傾《かし》げたいさなの、太腿《ふともも》の隙間から覗《のぞ》いた水色の布地を指差す。

「見えてるぞ。スカートなの忘れてるだろ」

「……み、見せてるんですよ」

「それならそれで問題だろ」

「あうぅ～……」

いさなはシートの上で女の子座りになり、きゅっと太腿を閉じる。

それから、目だけを横に逸《そ》らし、

「……でも、水斗君、実のところですね」

「うん？」

「夏休みの間、毎日のように水斗君の部屋に入り浸っているうちに……ちょっと、なくなってきたかもです」

「何が？」

「羞恥心」

言って、いさなはスカートを押さえるのをやめた。

そして、恐るべきことに胡座《あぐら》をかいた。

「今更パンツくらい見られても平気かもです」

「取り戻せ！　羞恥心を！」

「え～？　水斗君がエロい気持ちにならないんなら、別にどうでもよくないですか～？」

……ならないとは言ってないんだよ。

それが厄介なところなんだ。

伊理戸結女◆憧れ、追いかける者同士

「じゃあ、今日はここまでにしておこうか」

仕事内容の簡単な説明だけで、初日の生徒会は終わった。

機会を見計らっていたかのように、元会長——星辺先輩が、応接用のソファーで欠伸《あくび》をしながら起き上がる。

「おー、終わったか。じゃあ行こうぜ。歓迎会」

紅会長が呆れた目をして星辺先輩を見やる。

「まさか、そのためにわざわざここで昼寝をしていたんですか？」

「おいおい。まさかこのおれをハブるつもりか？　恩義あるこの先輩を？　え？」

「うっわ～、鬱陶しいＯＢだぁ。幻滅しますセンパイ」

茶化《ちゃか》すように亜霜先輩が言うと、星辺先輩がハッハと大口を開けて笑ってみせた。

いまいち摑みどころのない人だけど、ムードメーカーではあるのかもしれない。カリスマ性で場を支配してしまう紅会長とは、また別種のリーダーシップだった。

「まあ、そこのＯＢを入れるかはともかく、歓迎会の会場はぼくのほうで用意してある。一年生二人もぜひ来てくれると嬉《うれ》しいよ」

「あ、はい。もちろん」

「ぜひ！」

私と明日葉院さんの返事を聞くと、紅会長は微笑《ほほえ》みながら肯《うなず》いた。

それから六人で学校を出て、紅会長についていく形で街中を移動していく。

先頭は当然ながら紅会長で、その後に私、明日葉院さんが並んで続く。その後ろで亜霜先輩が星辺先輩に何やらちょっかいをかけていて、最後尾に、あたかも影のごとく羽場先輩がくっついていた。

「どうだったかな？　初日の生徒会は」

紅会長が振り向いて、私たち一年生組に訊《き》いてくる。

「まだ何も仕事をしてないので、何とも言えませんけど……緊張しました。人見知りなので、私……」

「そうかい？　だとしたらキミは、自分の欠点との付き合い方が上手《うま》いんだね。人見知りだなんて、少しも感じなかったよ」

嬉しい。褒めてほしいポイントを的確に突かれた気がした。これが人の上に立つべくして生まれた人間なんだろうなあ。

「蘭くんはどうだったかな」

「あうっ！　えとっ、あのっ、そのっ……！」

明日葉院さんは小さな身体《からだ》でわたわたと慌てながら、

「い……意外と、緩いんだな……って、思いました」

テンパった結果か、かなり本音っぽいことを吐露した。

明日葉院さんはすぐに「ふあっ」と呻《うめ》いて口を塞いだものの、紅会長はくつくつと笑い、

「だろうね。ぼくも去年、まったく同じことを思ったよ」

「え……？　会長も？」

「もっと真面目でお堅い組織なんだと思っていたら、当時の会長があの通りのちゃらんぽらんだったからね。これは自分がしっかりしなければ、と思ったものだよ」

紅会長は私たちの後ろに視線を放る。そこでは星辺先輩が配信者か何かの声真似《まね》をしていて、亜霜先輩に「全然似てないんですけど！　愛沙の推しに謝ってくださいっ！」と怒られていた。……というか亜霜先輩、年上には一人称、自分の名前なんだ……。

「大方、キミも同じように思ったんじゃないかな、蘭くん？」

「はっ、いやっ、それは、そのう……」

明日葉院さんは声を尻すぼみにして、目を横に逸らした。図星らしい。

「実に結構だよ」

紅会長が力強く言うと、明日葉院さんも目線を持ち上げた。

「別に郷に入っては郷に従えと言うつもりはない。むしろ、一年生のキミがしっかりして

くれれば、二年生も身が引き締まるというものだ。キミはキミらしくやってくれ」

「は、はいっ……！」

明日葉院さんは文字通り身を引き締めて、紅会長の言葉を拝領した。とても一つ年上の同性に対する態度とは思えない。彼女には、会長が神様か何かに見えているのだろうか？

会長が前を向くと、明日葉院さんはようやく肩から力を抜いて、「はあ」と溜《た》め息《いき》をつく。

「……ねえ、明日葉院さん」

「はい？」

控えめに話しかけると、明日葉院さんは相変わらず敵意の滲《にじ》んだ目で私を見上げてくる。顔立ちが可愛《かわい》らしいからかあんまり怖くない。

「明日葉院さんは、どこで紅会長のことを知ったの？　私は文実で一緒だったんだけど」

覚えている限り、明日葉院さんは文実には参加していない。これほど憧れているんだからどこかしらで接点があったんだろうけど、どこで知ったんだろう。

「……大した切っ掛けじゃないですよ」

俯《うつむ》きがちになって、自嘲的に明日葉院さんは言った。

「入学したての頃、わたし、男子に絡まれちゃって……いつもならさっさと追い払うんですけど、そいつは特にしつこくて」

ナンパかぁ。暁月さんは中学生に間違われたりするせいであんまり絡まれないって言ってた気がするけど、明日葉院さんは同じような背丈でも、この胸だからなぁ……。

「それで困ってたところを、通りすがりの紅先輩に、助けられたんです。そのときの姿が、あまりにも堂々としてて、カッコよくて……」

うんうん、と私は心の中で肯いた。

背丈で言うと、紅会長と明日葉院さんはそう大きく変わらない。けれど、紅会長の姿はどうしてか、実際よりもずっと大きく見えるのだ。きっと、誰に対しても怖《お》じることなく、確固とした自分を持っているから。

「それで、生徒会を目指すことにしたんです。元々勉強は得意でしたから、成績が良ければきっと声をかけてもらえるだろうって、頑張って。……そしたら……」

「あはは……」

恨みがましい目で睨《にら》まれたので、私は愛想笑いをしておいた。

はあ、と明日葉院さんはまた溜め息をつく。

「本当は、もっとスマートに挨拶するつもりだったのに、めちゃくちゃテンパっちゃった……。伊理戸さん、あなたはどうして、あの紅先輩と普通に話せるんですか？　慣れれば平気になるものなんですか？」

「んー、そうだなあ……。私も最初はガチガチだったけど」

切っ掛けがあったとすれば、……あれかな。

私は集団の最後尾にくっついているはずの、背景のような男子のことを思い出した。

「紅会長は、まるで別次元にいるような人だけど……あれで案外、普通なところもあるんだよ」

「普通？　紅先輩が？」

「うん。……たぶん、明日葉院さんもいずれわかるようになるんじゃないかな」

明日葉院さんは目を細め、軽く眉根を寄せた。

「……何だか、マウントを取られている気がします……」

「え⁉　いやいや、そんなつもりないって！」

でも、……明日葉院さんって、恋愛系の話、たぶん地雷なのよね。

大丈夫かなあ。もし紅会長が羽場先輩のことを好きだって知ったら、どうなっちゃうんだろ。

伊理戸結女◆生徒会長の副業

歓迎会の会場として案内されたのは、静かな路地に小さな看板を出す喫茶店だった。

貸し切りなのか、元々客の入りが少ないのか、他のお客さんの姿はなく、私たちは悠々とテーブル席に通される。なんとなく一年生で固まる形になって、私が明日葉院さんの隣にお尻を下ろした矢先、紅会長が言った。

「諸君、飲み物は何がいい？」

めいめいの答えを聞くと、会長はうんと肯いて、

「それじゃ、準備をしてくるから少し待っていたまえ」

準備ってなんだろう、と思ったら、会長はなんと、スタッフルームの中に消えていった。

「ここね、すずりんのバイト先なの」

と言ったのは、星辺先輩の隣に座った亜霜先輩。

私は驚いて、

「バイト？　してるんですか？　生徒会もやってるのに？」

「そーそー。社会勉強だってさ。ストイックすぎるよねえ」

ひええ……。恐るべきバイタリティだ。その上で学年首席をずっと維持してるんだから、根本的なスペックが違うとしか思えない。

「……わたしもバイトしよっかなぁ……」

と呟《つぶや》いたのは、物珍しそうにお店の内装をきょろきょろ見回していた明日葉院さんだ。そう言われると、私も何かしないといけないような気分になってくる。

小さな呟きだったけど、星辺先輩が耳聡《みみざと》く聞きつけて、

「やめておいたほうがいいぜ、あいつの真似は。スペックが有り余ってる奴《やつ》特有の病気だ、ありゃあ」

「……わたしでは紅先輩のようにはなれない、と？」

　不服そうに返した明日葉院さんに、星辺先輩は大きな手でスマホをいじりながら、

「少なくとも、無茶《むちゃ》して身体を壊しちまったら無理だな。それでも近付きたいってんなら、一つ一つこなしていくことが肝要だぜ。あれもこれもって手を出してたら、結局何も身に付かずに終わっちまうからな」

「……ご忠告痛み入ります」

「おっ、SR出た」

　言ってることは正しいのに、ゲームしながらだとなあ……。ほら、明日葉院さんもしらっとした目を星辺先輩に向けてる。

　そうこうしているうちに、スタッフルームのドアが開いた。

「お待たせ」

　現れた紅会長は、ウエイトレスになっていた。

　膝丈のスカートに白いエプロンを合わせたその姿は、普段の会長とはまるで違う雰囲気だけれど、小柄でフェミニンな会長の容姿にはぴったりだった。

　おー、と私は小さく拍手をする。

「似合いますね、会長」

「ありがとう。常連さんにもなかなか好評なんだよ」

微妙に自慢げだった。ちょっと子供っぽくて可愛い。

そういえば、企画プレゼンのときの軍服風ゴスロリも、すごく可愛かったなあ……。

「先輩って……」

「ん？」

「もしかして、コスプレ好きなんですか？」

会長は、ふっと不敵に微笑んで、

「ファッションをより楽しめることは、女に生まれたことの特権だよ。そうは思わないかい？」

「はあ……ええ、まあ、そうですね」

好きらしい。

紅会長はお盆に載せていた飲み物を、私たちの前に置いていく。

「軽食なら出せるから、遠慮なく注文してくれたまえ。今日はぼくの奢《おご》りだ」

「ありがとうございます！」

肯くと、紅会長はウエイトレス姿のまま、隣のテーブル席に移動していった。あれ？なんで？　と思いきや……そっちに、羽場先輩が一人で座っていたらしい。気付かなかった……。

　四人用のボックス席なのに、会長はわざわざ羽場先輩の隣に座る。羽場先輩が身体を傾けて避《よ》けるようにすると、その隙を突くように会長は距離を詰めた。

　その様子を、隣の明日葉院さんが私の身体の前に乗り出すようにして覗《のぞ》こうとする。

「ちょ、ちょっと……明日葉院さん？」

　声をかけてもなお、明日葉院さんは怪訝《けげん》そうな顔で隣同士に座った先輩たちを眺めて、

「……紅先輩と羽場先輩って……仲がいいんですか？」

　核心を突く質問をした。

　仲がいいどころか、人気《ひとけ》のない教室で誘惑するような間柄なんだけれど、まさか男嫌いで会長信者の明日葉院さんにそんなことを言うわけにはいかない。え、どうしよう。誤魔《ごま》化《か》したほうがいいの？　それとも、傷が浅いうちに本当のことを話したほうが……？

「まあ、一年のときから同じクラスだからねー」

　私が迷っているうちに、亜霜先輩がいちごオレをストローで飲みながら言った。

「ジョー君の能力を見抜いたのもずりんだし、生徒会に引き込んだのもそうだし……の割に相変わらず目立たないから、何かと目を掛けてるんだよ」

「なるほど、そういうことですか……」

　亜霜先輩が私に目配せをして、こっそりとウインクした。助かりました先輩！　あとウ

インク上手《うま》いですね！

星辺先輩が依然スマホをいじりながら、

「目を掛けているというより、紅は明らかに羽場に――ごふッ!?」

「すみませんセンパ～イ♪　肘が当たっちゃいましたぁ～♪」

「いっ、いや！　今のは絶対にわざとげふッ!?」

「図体《ずうたい》がでかいのが悪いんですよ～？　自分のヒットボックスを恨んでくださいね～♪」

ガスッドスッと星辺先輩の脇腹に肘を入れ続ける亜霜先輩をよそに、明日葉院さんは未《いま》だ、訝《いぶか》しげな顔で羽場先輩の後頭部を見つめていた。

伊理戸水斗◆己の果てに輝くもの

静かで狭いブースの中に、紙をめくる音が連なっていた。

僕の隣では、東頭いさながフラットシートの上で体育座りをして、真剣な顔で漫画を覗き込んでいる。当然のこと、スカートの裾を押さえたりはしておらず、正面からはパンツが丸見えのはずなんだが、隣にいる僕からは見えないし、注意しても直らないので気にしないことにした。

いさなが大量に持ち込んだ漫画の中から、僕は巻数少なめの古い作品をピックアップして読んでいた。古典と呼ばれるような作品は、書店で見かけることも少ないし、こういうときでもないと読みそうにないと思ったからだ。

　現代まで残っている古典は、もちろん面白いから残っているのだし、後の作品にジャンルを超えて影響を及ぼしたと思《おぼ》しき要素が散見されて興味深かった。そして読み終わると、まとめて本棚に返してしまい、ついでにドリンクバーから飲み物を取ってくる。長い時間本を独占するのはマナーがいいとは言えないだろう。

　そうしてブースに戻ってくると、いさなは膝の上でタブレットを開いていた。

「何してるんだ？」

　訊《き》きながら、りんごジュースに挿したストローを口元に持っていくと、いさなはタブレットから目を離さずにチューっとそれを飲む。

「ぷはっ。……いえ、ちょっと、良さそうな構図があったので……」

「構図？」

　いさなの右手はスタイラスペンを、左手は開きっぱなしの漫画を持っている。覗き込むと、いさなは漫画のあるコマの絵を、タブレットでスケッチしているようだった。

「すごいですよねえ、漫画家さんは。どんな構図でも描きこなせないといけないんですもんね。どういう頭してるんでしょうね」

「いや……僕からすると、急に模写を始めた君のことも、充分すごいと思うんだが。普段からやってるのか、そんなこと？」

「昔から、ラノベのイラストを模写して遊んだりはしてましたけど……最近は、ちゃんと上手くなりたいなあと思いまして」

「それはまた、どうして急に？」

「水斗君に、褒められたので」

　褒めた？　僕が？

「水斗君は、何気なく言っただけなのかもしれませんけど。構図から自分で考えたんならよくできてるって……そう言われたとき、わたし、密《ひそ》かにすごく嬉《うれ》しかったみたいなんです。気付いたら、その何気ない一言を何度も何度も思い返していて……だったら、もうちょっとちゃんと頑張ってみようかなって、単純ですけど、そういう気分になってきて」

　いさなは口元を緩ませながら、しかしペンは止めなかった。

「それから、何だかすごく楽しいんですよね。絵を描くのが」

僕自身ですら、よく覚えていない。それはきっと、本当に何気のない、特に考えのない一言だったんだろう。

けど、その一言が、いさなの中の何かを開いたのかもしれない。明らかに何らかの才能を持っている奴だと、わかってはいたけど。それをこうも間近で、はっきりと示されたことに、僕は例えようのない衝撃に打たれていた。

　素直に驚き、素直に嬉しく、……そして素直に、羨ましいと思う。

　いさなは、自分だけの何かを見つけられたのだ。

　この前とは逆に、僕のほうが隣にいることに尻込みしてしまいそうなほど、今の彼女は輝かしく見えた。

　……僕には理想がない。目指すべき自分がない。それでも人を好きになっていいんだって、いさなは言ってくれたけど、空っぽの自分がそれで変わるわけでもない。

　でも。……この輝きに、こうも大きく貢献できたというのなら、多少は意味があるってことなんだろう。

　僕がここにいる、意味が。

　僕は一心不乱に描き続けるいさなの隣に座り、肩を軽く触れさせた。

「また褒めてほしければ言えよ」

「いえ、おためごかしで褒めてもらっても逆にモチベ下がるので」

「面倒臭い奴だな」

伊理戸水斗◆我慢する義務はこちらにある

『――……は、ぁっ……あ……っ――』

ん？

どこからともなく聞こえてきた声に、僕は振り返った。

聞き間違い……？　じゃ、ないよな？　今、確かに、どこかから、艶《なまめ》かしい声が……。

『――ぁ……やっ、ああっ！』

「ふあっ⁉」

今度はよりはっきりと聞こえた声に、スケッチに集中していたいさなもびくりと背筋を伸ばした。

僕たちは顔を見合わせる。

「（おい、この声……）」

「（で、ですよね……。聞こえましたよね⁉）」

僕たちは自然と声を潜めていた。

たぶん、確かめるまでもなく、わかっていたのだ。この声の出所と、その正体を。

僕たちは申し合わせることもなく、ゆっくりと背後を振り返った。

『――ぁっ、だめぇ……』

僕たちの背後にあるのは、無機質な壁だけ。

いや……その向こう側に、存在する。

隣の、ペアシートのブースが。

よく耳をそばだててみれば、ごそ、ごそ、と物音も聞こえるような気がする。これはもう、普通に解釈すれば、壁一枚向こう側で、そういうことが行われているとしか思えなかった。

「(へぁっ……ふおわあ……！　と、となっ、隣っ、隣っ……！)」

「(お、おい、落ち着け)」

「(やっ、やって――やってますよね!?　かっ、完全に……せ、セッ――)」

「(落ち着けって言ってるだろうが！)」

「(むごがが！)」

いさなの口を、僕は慌てて手で塞ぐ。

「(落ち着いて考えろ……。確かに漫画喫茶ではそういうこともあるって聞いたことがないでもないが、そうそう遭遇するわけがないだろうが。どうせAVか何かだ)」

「(そ、そう……ですよね。そんなこと、そうそう――)」

『――んんっ……っは……ぁぁ……――』

「(水斗君……AVにしては、喘《あえ》ぎ声が抑えめでリアルなんですけど)」

知るか！　なんでわかるんだ、逆に！

いさな曰《いわ》く抑えめな声がかすかに響き渡る中、いさなは口に当てた僕の手をそっと引き剝がし、赤らんだ顔でちらちらとあちこちに目を泳がせる。

「(み、水斗君……ちょ、ちょっと……)」

「(あ)」

気付けば、思った以上に接近してしまっていた。

意識せずしていさなの肩を掴《つか》んでしまっていたし、フラットシートについた膝は、体育座りをしたいさなの太腿《ふともも》の下に潜り込んでいる。たぶん、僕が肩を掴んだ手にちょっと力を込めれば、簡単にいさなを押し倒すことができるだろう。

その上、いさなが肩を縮めながら、僕を上目遣いで見つめるものだから、尚更《なおさら》にマズい雰囲気だった。壁越しに聞こえる声が、否応《いやおう》なしに思考をそっちのほうに動かしてきて、規則的に上下するいさなの胸元に注意を向けさせてくる——

「(……視線……)」

少し恥ずかしそうに、いさなは呟《つぶや》いた。

「(こんなに近かったら、わたしでもわかりますよ、水斗君……)」

「(いや、その……悪い……)」

「(結女さんには、やっちゃダメですからね)」

そして、いさなはちりちりと前髪をいじり、

「(わたしには……いいですけど)」

……たまに、こいつは狙ってるんじゃないかと思うことがある。

僕とどうこうなる気はもうないとか言って、本当は隙あらば籠絡しようとしてるんじゃないかって思うことが。

でも、本当に天然だから始末が悪い。

僕は、普通なんだから。ただ顔に出にくいだけで、普通の男なんだから。いさなのことを友達にカテゴライズしていても、そういう欲が不意に刺激されてしまうことは、どうしようもなくあることなんだから。

こいつがこういう奴《やつ》である以上……僕が、責任を持って自制しなければならないんだ。

「わっ⁉」

僕はいさなの顔を胸に抱き寄せ、その頭をわしわしと撫《な》でる。

ほら、こんなのは大型犬と一緒だ。ペットみたいなものだ。ペットに欲情する趣味は僕にはない。これはペット、ペット、ペット……。

「ちょっ、ちょっ、水斗君っ！　くっ、苦しっ……！」

腕の中でいさながばたばたと暴れ――その拍子に、どんっ、とその足が、机に当たった。

そして、机の上に積まれていた漫画の塔が、ぐらりと傾いた。

「あっ――」

気付いた僕は反射的に手を伸ばし、漫画の塔を支えようとした。けど、そのとき、乗り出した身体《からだ》を支えるために、もう片方の手が、これまた反射的に近くにあるものを掴み、

「――んあっ！」

艶《なまめ》かしい声が、壁越しではなく、すぐ近くから聞こえて、漫画の塔はばらばらと脆《もろ》くも崩れ去った。

片手が、何か、ひどく柔らかなものを摑んでいる。

手のひらに収まらないほど大きく、指がどこまでも沈んでいき、けれど押し返してくる張りがある。その柔らかさの手前には、縁にワイヤーのようなものが通った硬い感触がある。

「はあっ……あっ……」

いさなが、顔を上気させながら、浅い呼吸を繰り返していた。

散らばった漫画の中に手をつき、後ろ手に上半身を支える格好で、僕の手を受け入れていた。

片方の乳房を鷲摑《わしづか》みにした、僕の手を。

「――……水斗……くん……――」

嫌がりもせず、振り払いもせず、いさなは潤んだ目で僕を見た。

その瞳が、壁越しの声が見せる幻と区別がつかなくなって、僕は途端に恐ろしくなった。

触ってしまった。

なんだかんだで今まで、手のひらで触れたことはなかったのに――こんなにしっかりと。

そして、証明されてしまった。

僕がこういうことをしても、いさなは嫌がらないってことが……証明されてしまった。

恐る恐る、僕は胸から手を放す。

すると、いさなもまたゆっくりと、乱れたスカートを直し、横を向いて俯《うつむ》いた。

やがて、

「………水斗君は……わざと、やってるんですか………？」

ぽつりと、いさなが呟く。

「水斗君が好きなのは結女さんだから……これでも一応気を遣って、いろいろと我慢してるっていうのに……！　なんでそうやって誘うようなことをするんですかっ。わたしの理性が吹っ飛んじゃっても知りませんよ⁉」

……気を遣ってたのか。これで。

遣ってなかったらどうなるんだ。

いさなはぐるりと振り向くと、据わった目をしてずいずいと四《よ》つん這《ば》いで迫ってくる。

「もし我慢できなくなったら……責任、取ってもらいますからね」

「せ、責任とは……？」

「浮気してもらいますからね。わたしと一緒に背徳的な悦《よろこ》びに堕《お》ちてもらいますからね」

僕はちょっと安心した。今こうやって軽く口に出せている時点で、実際にはそうならないんだろうな、となんとなく思えたからだ。

「わたしがエロい漫画とか描くことになったとき、資料になってもらいますからね」

「それはマジでいつか現実になりそうで嫌だ」

「とにかく！　思わせぶりなことをしないように！」

まったくもってこっちの台詞《せりふ》だったが、この件に関しては僕がコントロールしていくべきなんだろう――僕は肯《うなず》くしかなかった。そもそも、事故で触れてしまったことは思わせぶりなのかという疑問はあるが……。

はあ、といさなは溜《た》め息《いき》をついて、

「まあ今回は、お隣さんのノーマナースケベが悪かったということで――あれ？」

いさなが不意に、壁を――悩ましげな声を漏らしていた隣のブースを見た。

「どうした？」

……って、あれ？

「隣――静かになってませんか……？」

いさなの言う通りだった。

いつの間にか、壁越しの声も物音も、綺麗《きれい》さっぱり消え去っていた。

僕たちに聞こえているのがバレたのか……？　いや、それにしても、こんなに完全に気配が消えるなんて……。

僕たちは顔を見合わせると、どちらからともなく、忍び足でブースを出た。

そして、隣のブースをこっそりと覗《のぞ》き込む。

誰もいなかった。

何の気配もなかった。

「…………水斗君、知ってますか？」

「…………何を？」

「お化けって、エッチな話をすると逃げていくらしいですよ」

「なんで今、その話をしたのかな？」

何の関係があるのかな？

いさなは無表情のままぶるぶると震えた。

「水斗君……今日、家まで送っていってください」

「……ああ」

「あと、次に漫画喫茶に来るときも、一緒についてきてください」

骨があるな、と思った。

二度と来たくなくなるだろ、普通。

伊理戸結女◆好きな人が家にいる

日が傾き、空が半分ほど黒くなってきたところで、生徒会の歓迎会は解散となった。

「それじゃあ、明日から本格的に活動開始だ。よろしく頼むよ、諸君」

「がっ、頑張りますっ！」

「よろしくお願いします！」

三々五々にばらけていき、私は一人で帰路につく。

道すがら、今日出会った人たちのことを思い返した。

私をライバル視する明日葉院さん。過去の経験と真面目さから恋愛アンチで、私や紅会長の状況を知ったら怒り狂いそうで心配だ。

先輩として頼りになりそうな亜霜先輩。でも男の人にはどこかあざとい感じで、正直水斗には近付けたくない。それとも、あれは星辺先輩にだけなのかな？

元会長の星辺先輩。一見、いい加減な人に思えるけど、言葉の端々からは思慮深さが垣《かい》間見《まみ》える。暇だから来た、なんて言っているけど、本当のところはどうなんだろう。

部活に入ったこともない私は、先輩ができるのも同期ができるのも初めてだった。上手《うま》くやっていけるかな――中学生までの私なら、きっとそんな心配でいっぱいだったんだろう。だけど、今の私は違う。

世界が面白くなる気がする。

期待のような、確信のような。そんなワクワク感で、胸がいっぱいだった――

「――あ」

そんなことを考えながら歩いていると、前方に見慣れた後ろ姿が見えた。

秋は深まり、日も短くなった。もうすっかり夜なのに、彼がこんなところを歩いているなんて珍しい。東頭さん辺りとどこかに行っていたんだろうか。

向こうは後ろにいる私に気付いていない。そこで私に一つ、悪戯心《いたずらごころ》が芽生えた。

によっと笑いながら、気配を殺して見慣れた背中に近付き――

「わっ！」

「どぉっわあおおあ⁉」

彼は――水斗は、びくんっと飛び跳ねながら、弾《はじ》かれるようにして私から距離を取った。

ものすごい反応に、驚かせた私のほうが固まってしまう。

「び、びっくりした……。そんなにびっくりすると思ってなかった……」

「あ……ああ、君か……」

振り返って私の顔を見ると、水斗はばつが悪そうに目を逸《そ》らした。

あ、可愛《かわい》い。恥ずかしがってる。

水斗は女性向けゲームのキャラみたいに無駄に首筋をさすりつつ、

「ちょっと、諸事情あっていさなの奴を家まで送ってきたところでさ……。君は生徒会の帰りか？」

「うん。会長がバイトしてるお店で歓迎会してもらったの」

「バイト？　あの人が？　想像つかないな……」

うーん、いつもより口数が多い。

これはさっきの過敏な反応を相当誤魔化《ごまか》したいものと見た。

「ねえ、諸事情って何？」

一歩、距離を詰めて、じっと目を見つめながら訊《き》くと、水斗はたじろいだ顔をして、

「……しょうもないことだよ……」

「どんな？　というか、東頭さんと何して遊んでたの？」

自然と質問が溢《あふ》れてくる。

別に嫉妬じゃない。東頭さんと二人っきりで遊んでるなんて今更だし。

ただ——知りたいと思った。

私が生徒会のみんなと過ごしているとき、水斗が何をしていたのか。ごく自然と当たり前のように、私の知らない彼のことを、彼の口から聞きたいと思った。

逆に、私は話したい。

今日あったこと。今日出会った人。新しい場所での新しいこと。あなたの知らない私。

話して、聞いて、共有して。今日という記念すべき日を、あなたと一緒に振り返りたい。

幸い、時間はある。

だって、私たちは――

「……わかった。話すよ。どうせ帰り道は同じだし」

好きな人が家にいるって、めちゃくちゃ不便だ。

だけど、好きな人が家にいるって、すごく幸せだ。

だって、さよならと言わなくていい。

また明日と、逆方向に歩き出す必要がない。

日が昇っているうちは別の場所にいても、夜になったら同じ場所に帰ってきて、その日の出来事を分かち合える。

私が知りたいあなたのこと。

あなたがわからない私のこと。

私とあなたの不思議なことを、一つ一つ解き明かせる。

「今日は、いさなと漫画喫茶のペアシートを体験してきたんだけどさ――」

いや何してんの？

……こんな嫉妬も、同じ家にいるからこその贅沢《ぜいたく》だ。漫喫のペアシートより同じ家に住んでるほうがランク上だし！

あなたの顔を赤くしたい

伊理戸結女《いりどゆめ》◆元カノは小悪魔になりたい

私こと伊理戸結女は、伊理戸水斗《みずと》のことが好きである。

その状況自体は、およそ二年前、初めて会ったときとさして変わりはしない――違うのは、今の私が大人の女に成長していることと、水斗と一度付き合って別れてしまっていること……そして、義理のきょうだいになってから、さんざっぱら険悪に嫌味《いやみ》を言いまくった後だということである。

正直に言おう。

今更、好きとか言いにくい。

……いや、だって、そうでしょ!? 今まであんなに悪《あ》し様《ざま》に扱っておいて、急に好き好きオーラ出し始めたら気持ち悪いじゃない! あと単純に恥ずかしいじゃない!

できることなら、あからさまな好意を見せずに、水斗を籠絡してしまいたい。

中学生の頃、付き合っていたとき以上に！　私のことを好きになって、あわよくば向こうから告白してほしい。

ヘタレているのではない。それが平等なのだ。だって、前は私から告白したんだから。

そういうわけで、私が目指すのはただひとつ。

好意があるのかないのか、わかるようでわからなくてやきもきさせる、小悪魔な女！

幸い、機会だけはたくさんあるので、折に触れてチャレンジしてるんだけど……。

「み——水斗っ！」

リビングのソファーに座っている水斗を見つけて、私は意を決してその肩に飛びつく。

気軽なボディタッチ！

男子に気を持たせる必殺技。……と、暁月《あかつき》さんが言っていた。

さらに私は水斗の顔を横から覗き込むようにして、

「な、何……やってるの？」

パーソナルスペースへの侵攻！

距離感の近い女子に男子はころっとオチるのだ。……と、暁月さんが言っていた。

水斗はちらっと私の顔を見ると、すぐに視線を自分の膝の上に落とす。

「読書だ。見ればわかるだろ」

「ふうーん……。何読んでるの？」

「英単語を擬人化したヒロインが出てくる暗号解読もの」

なにそれ。ホント変な小説好きだな……。

しかし、ここで攻めるのが小悪魔！

「へえ〜、面白そう。今度貸してよ」

理解と興味！

近い距離感から理解と興味を示されると、男子は『この子、俺のこと好きなんじゃね？』と思ってしまう習性を持つ！……と、暁月さんが言っていた。

さあ、やきもきしろ。自意識を働かせるがいい！　私のことが気になって仕方がなくなれ！

「いさなから借りたやつだから無理」

水斗はぺらりとページをめくった。

…………。

「そ……そっか」

反省会を始めます。

今のくだりは、どうして失敗してしまったのでしょうか？

……よくよく考えてみると、いつものやり取りと大して変わらないからではないでしょうか？

水斗を自意識過剰にさせるどころか、私ばかりが自意識過剰になって、攻めてる気になってるだけで実際には普段と大して変わっていないのではないでしょうか？

はい、そこ！　正論を言わないように。

「…………………」

時たま、上手くいくときはあるの。本当なの！　一割くらいの確率で覚醒するの！

けど、九割はこれ。

何かできてるつもりで何にもできてない。

む、難しい……。小悪魔ってどうやってやるの？


伊理戸結女◆好きな人が好きなタイプだとは限らない

生徒会室には、いつもフルメンバーが揃《そろ》っているわけではない。それぞれの都合や仕事の関係で、一人や二人が欠けていることも珍しくなく、稀《まれ》に一人っきりということもある。

生徒会に入ってしばらくが経《た》つと、その出席率にも幾許《いくばく》かの法則性があることがわかってきた。例えば明日葉院《あすはいん》さんは、滅多《めった》なことでは休まない。例えば羽場《はば》先輩は、紅《くれない》会長がいるときは大体いるし、いないときは大体いない。例えば亜霜《あそう》先輩は、気まぐれに休むこともあるけれど星辺《ほしべ》先輩がいるときは大体来る——などなど。

今日は、紅会長と羽場先輩だけがいない日だった。

星辺先輩が応接用のソファーセットに寝っ転がってスマホをいじっているのを後目《しりめ》に、私、明日葉院さん、亜霜先輩が会議机でノートパソコンに向かっている。

私の作業は、来たる体育祭に向けた広報資料の作成だった。こういう書き物仕事全般が書記の仕事で、私は生徒会に入ってからずいぶんとタイピングが上手《うま》くなっていた。

「ゆめちってさぁー、どんな男子が好みなの？」

同じくたったかとキーボードを叩《たた》きながら、亜霜先輩が全然関係ない話を振ってくる。

亜霜先輩の役職である副会長の仕事は、当然ながら会長をサポートすることだ。けど、紅会長はそもそも完璧すぎて何でも自分でやっちゃうし、そうでなくとも羽場先輩が付きっきりでついて回っているから、亜霜先輩の仕事は私や明日葉院さんの教育や補助が主なものになっていた。

前期では亜霜先輩が書記だったらしく、私は彼女からたくさん仕事を教わって、気付けば『ゆめち』なんて仇名《あだな》で呼ばれるようになっていた。だから亜霜先輩が手伝いをしてくれるときは仕事がすごくスムーズで――スムーズすぎて、雑談混じりになることも多かった。

「仕事中ですよ、先輩」

と咎《とが》めるのは、真面目な明日葉院さんだ。書き物仕事をしているとき、頻繁に肩や首を回していて、あーやっぱり大きいと大変なんだなあ、と思う。私も最近、気になることが多くなってきたので、筋トレを始めたほうがいいのかもしれない。

その点で言うと、亜霜先輩は服の上からでもわかるくらいの大きさなのに、全然肩が凝ってそうな気配がない。お腹《なか》とかものすごく引っ込んでるし、何か秘伝のトレーニングがあるのかもしれなかった。

明日葉院さんの注意に、亜霜先輩は手も口も止めず、

「別にいいじゃぁん。後輩と交友を深めるのも仕事のうちでしょー？　ちなみにランランは？」

「何がですか？」

「好きな男子のタイプ」

「わたしの視界に一生入ってこない人です」

にべもない。明日葉院さんの恋愛アンチは筋金入りだ。

いつの間にか明日葉院さんも『ランラン』呼びになっている亜霜先輩は、なぜかにやにやと笑って、

「いやー、安心するわぁ。実はさ、あたしの妹も男子が苦手らしくてさ」

「妹さんがいらっしゃったんですか？」

初耳だ。亜霜先輩はますます表情を華やがせ、

「そう！　中一！　超可愛《かわい》いの！　……で、妹もランランと一緒で、男子にツンケンしてるんだけど、ランランほど突き抜けてないっていうか……だから安心するんだよね。妹もいつかはこのくらい頑《かたく》なになって、男子を寄せ付けもしなくなるのかな、ってさ」

「……えーと。その話のどこに安心する要素が？」

「可愛い妹に悪い虫が付かなくなるじゃん！」

むしろこの人自身が不安の種なのでは……。会ってもいない亜霜先輩の妹さんのことが心配になってきた。

「それで？　ゆめちの好きなタイプは？」

「……言わなきゃダメですか？」

「逃がさないよー？　さあ吐け吐け！」

好きなタイプ、と言われても、今の私の頭の中には特定人物の顔しか思い浮かばない。でも、変に隠すほうが怪しさ満点だし……ちょっと抽象化して……。

「ち……知的な人、ですかね」

「ほう。他には？　見た目とか」

「見た目は……線が細い感じ……」

「クール系かー。性格は？」

「……ふ、普段は無愛想だけど、たまに優しい、みたいな？」

何これ、恥ずっ！　私の琴線に触れてる水斗の部分を並べてるみたいで……！

亜霜先輩はにこにことして、

「なるほどなるほど、いいねー！　乙女の夢って感じ！　そんな少女漫画のヒーローみたいなのが、現実にもいたらいいんだけどねえ」

「そ……そう、ですよねー」

いたら、いいんですけどねえー。

「……しょうもな」

明日葉院さんがぼそっと呟《つぶや》いた言葉が、私の胸にぐさっと突き刺さった。

ち、違うの。今のは特別美化して要素を抽出しただけで！　あいつもお風呂上がりに半裸で歩き回ったり、引き戸の角に足の小指をぶつけて悪態をついたり、そういうカッコ悪いことも結構してるし！　私の目から見たあいつがそういう風になっているわけじゃないの！　中学生じゃあるまいし！

「そ、そう言う亜霜先輩はどうなんですか!?」

「ん？　あたしー？」

誤魔化《ごまか》すつもりで水を向けると、亜霜先輩は嬉《うれ》しそうに答える。

「あたしはねー、昔っから決めてるんだよねー。彼氏にするなら絶対こういう人！　っていうのをさ」

「なんですか？」

「自分より20センチ以上背が高い人！」

20センチ……って。

亜霜先輩って、結構身長、高いわよね……。男子と比べてもそんなに変わらないくらいだし。１７０……はないと思うけど、たぶん１６０センチ台の後半くらいは……。

「……それって、かなり大きくないですか？」

「そうなんだよねえ。こんなに伸びないでほしかったな、マジで……」

亜霜先輩は本気の溜《た》め息《いき》をついた。モデルみたいで綺麗《きれい》だと思うけど、コンプレックスは人それぞれか……。

「先輩より20センチ以上も大きい……ってなると、１８０センチの——」

——って、それこそ。

私の目は、ソファーセットで寝っ転がっている、暇な三年生の先輩に向いた。

１９０センチに迫る、高校生離れした身長。

亜霜先輩の彼氏条件に合致するのなんて、そうだ……あの人くらいしか……。

私が言葉を切れさせたところで、亜霜先輩はによっと化け猫みたいに笑って、キーボードを叩く手を止めた。

そして、くるりと後ろを——ソファーセットのほうを振り返ると、大きな声で言うのだ。

「センパーイ！　そういえば、センパイの身長っていくつでしたっけー？」

え!?　そんな大胆な！

驚く私をよそに、星辺先輩はスマホをいじりながら、

「ああ？　187センチだが？」

対し、亜霜先輩は椅子を引いて立ち上がりながら、

「そうですか。愛沙《あいさ》は168センチです」

あれ？

と思った瞬間、亜霜先輩はさささーっとソファーセットのほうに移動して、背もたれ越しに星辺先輩の顔を覗《のぞ》き込んでいた。

そして、言うのだ。

悪戯《いたずら》っぽく。

小悪魔のように。

「――残念でした♪　1センチ、足りませんでしたね？」

言われた星辺先輩は、しばらく瞬《まばた》きをした後、渋面を作って寝返りを打ち、そっぽを向いた。

「……知るかボケ」

動揺を隠すような悪態に、亜霜先輩は小気味良さげにくすくすと笑うのだった。

…………………。

「……すごい……」

「は？」

思わず漏れた呟きに、明日葉院さんが怪訝《けげん》な顔をする。

私は慌ててパソコンの画面に向き直り、何事もなかったかのような振りをした。おかげで明日葉院さんも聞き違いだと思ったのか、自分の作業に戻ってくれる。

あの思わせぶりな態度。

男子を手のひらの上で転がすような立ち回り。

あれこそ……！　あれこそが……！

私が、水斗にやりたかったことだ――――っ!!

伊理戸結女◆小悪魔入門

書き物がひと段落すると、私は亜霜先輩と一緒に作ったばかりの資料を印刷する作業に入った。

枚数が多いので、生徒会室にあるプリンターではなく、印刷室にある大量印刷用の機材を使う。印刷室はさほど広くない部屋にプリンターやコピー機が並ぶだけの閉鎖的な空間で、他の人が来ることもあまりないので、秘密の話をするにはうってつけの場所だった。

淡々と資料を吐き出す印刷機を横目に、私はおずおずと切り出す。

「あ、あの……亜霜先輩……」

「ん？　なにー？」

パイプ椅子に座って長い脚を組み、スマホで何かチェックしていた先輩は、私を見てことりと小首を傾《かし》げる。

こういう細かい所作も、女の子女の子してて可愛いんだよなあ……。体型とかはどっちかといえば綺麗系なのに。

「その……ちょっと、相談が、と言いますか……」

「え⁉　なになに⁉　恋バナか⁉」

思った以上に食いつかれた。

亜霜先輩は頭の左右から飛び出た髪をぴょんと跳ねさせ、ずずいと詰め寄ってくる。

「喋《しゃべ》れ喋れ！　洗いざらい喋れ！　推し以外の恋バナは大好物！」

「推しだったらダメなんですか？」

「ダメだよそりゃ！　もしランランに近付く男がいたら、あたしは、そいつを……！」

亜霜先輩は据わった目をして両手をぷるぷる震わせた。明日葉院さんが推しなんだ……。溺愛してるとは思ってたけど。

「あたしの話はいいんだよ！　で、相談って？」

「えっと……た、大した話じゃないんですけど！」

「うんうん」

「さっきの……星辺先輩としてた、ああいうのって、どうやってるんですか？」

亜霜先輩は不思議そうな顔をして首を傾げた。

「さっきの？　センパイと？　……って、どれ？」

「『残念でした♪』っていう……あの小悪魔ムーブのことです！」

これでまたきょとんとされたらどうしよう。あのムーブが完全に天然で、亜霜先輩に自覚がまったくなかったら……私は意味不明なことを質問した後輩になってしまう！

そんな不安に、一瞬駆られた。

けど。

……亜霜先輩は、きょとんとはせずに、真剣な顔をして、しばし瞑目《めいもく》した。

「──知りたいか」

やがて、目を瞑《つぶ》ったまま、重苦しい声で先輩は言う。

「知りたいか、我が秘法」

「えっ？　……し、知りたいです！」

いきなり謎のノリが始まってびっくりしたけど、とりあえず乗っておく。

亜霜先輩はゆっくりと瞼《まぶた》を上げると、胸を持ち上げるように腕を組んだ。

「まあ座りたまえ。長い話になる……」

言われた通り、私は近くのパイプ椅子を引き寄せて、亜霜先輩の正面に腰掛けた。

亜霜先輩は長い脚を組み、もったいぶるように息をつく。

「……最初に言っておくよ。これからあたしが言うことは、決して他言しないように」

「は、はい」

「特にセンパイには！　絶対に！　言わないように！」

「は……はい……」

圧がすごい。

一体何が明かされるというのだ。

「――あたしの小悪魔はね」

「はい」

「人工栽培、なんだ」

「………知ってますけど」

「ええっ⁉」

心底意外、みたいな顔しないでほしい。

私も一瞬疑ったけど、あんなこと天然でする女子高生がこの世にいるわけないでしょ。

「ふ、ふふっ。あたしの正体を見抜くとはなかなかやるね、ゆめち」

亜霜先輩は不敵な笑みを作った。明らかに誤魔化《ごまか》しだった。

「まあ、実のところ言うとさ、あたし、結構昔からオタクなんだけど」

「それもなんとなく知ってましたけど……何のオタクなんですか？」

「んー、普通の？　アニメとか漫画とかゲームとか……あと、その、ちょこっとコスプレも……」

コスプレ！

会長も含めて、生徒会に二人もコスプレ趣味の人がいようとは……。

「これも言わないでね！　学校にバレると結構めんどくさいし！」

「わ、わかりました」

「それでさあ。だから、ちょっと、……憧れがね？　あるんだよね……」

「え？　……何に、ですか？」

亜霜先輩は少し黙って、目線を外しながら気まずそうに言った。

「…………オタサーの、姫…………」

「……あー」

言葉だけはふわっと知っている。

基本的に男性ばかりになりがちなオタク趣味のグループの中に、一人だけいる女の人、みたいな感じだったはず。

「いやだって、チヤホヤされたいじゃん！　女に生まれた以上はさあ！　承認欲求を満たしたいじゃん！　アイドルとか目指すほど努力はしたくないけど、近場でインスタントに楽々にお姫様になれるならそれが最高じゃん！」

「欲求に忠実ですね……」

「だけど……だけどさあ……！　オタクって、小柄なほうが好きじゃん。おっぱいもデカいほうがトレンドじゃん！　あたしもそういうキャラ大好きじゃん！　でもあたしはこの通り、背丈がすくすく育っちゃってさあ！　ひらひらな服が似合わないの何の！」

……あれ？　背丈はともかく、おっぱいは亜霜先輩も大きい部類では……？

「だから……だからせめて、性格くらいはそれっぽくしたかったんだあ……！　オタクをもてあそぶ小悪魔になりたかったんだあ……！　おーいおいおい……」

わざとらしく泣き始めた。あれ？　相談してるのは私なのに、私が慰めないといけない流れ？

「ま、まあまあ。先輩は見た目も可愛《かわい》らしいと思いますよ。その髪型もすごく似合ってます」

「でっしょ～？　ゆめちはよくわかってるなあ～！」

秒で復活した。オタクはオタクでも、東頭《ひがしら》さんとはまったく真逆の陽の気質だなあ……。

「なんというか、いろいろ腑《ふ》に落ちました。だから明日葉院さんを気に入ったんですね」

「最初見たときはブチ切れそうになったけどね。なんじゃこの理想の塊はー！　神はどれだけあたしを試す！　ってね」

「それと、好きなタイプの話も。確かに星辺先輩の隣にいるときは、先輩も小柄に見えます」

「……い、いやいや、センパイは1センチ足りないし」

亜霜先輩は急にしどろもどろになって、目を横に逸《そ》らした。髪先をくるくると指でいじり始める。あれ？

「えっと……星辺先輩のことが好きなのでは……？」

「そっ！　そんなわけないでしょ～!?　生徒会に男がセンパイしかいなかっただけで！　ジョー君をからかったらすずりんが怒るし！　他に選択肢がなかったの！　遊んでるだけに決まってんでしょ！」

……さては、ヘタレているな！

まるで鏡を見るような言い訳ぶりに、私は謎の安心感を得る。いや、私はヘタレてなんかないけど。

「それより！　最初の話！　小悪魔ムーブのコツね！」

「あ、はい！」

「ちなみに……一応訊《き》いておきたいんだけど、誰に使うの？」

あ、ちょっと警戒の眼差《まなざ》し。

相手が星辺先輩かもしれないって思ってるのかな。

「少なくとも、生徒会関係の人ではないです。学年は一年生ですね」

「そ……そっか」

ほのかに頬《ほお》の緊張を緩める亜霜先輩。安心したらしい。会長といい、生徒会の先輩たちは何だかちょっと微笑《ほほえ》ましい。

亜霜先輩は空気を切り替えるように「えふんっ」と咳払《せきばら》いをすると、

「それでは、教えてしんぜよう！　小悪魔たるにはどうすればいいか！」

「はい！」

「その極意は、煎じ詰めればただひとつ！」

ピッと指を立てて、亜霜先輩は告げた。

「『好きな人にしかできないようなことを、平然とした顔でやる』――ただこれのみ！」

その言葉を、私はしばし咀嚼《そしやく》し、頭の中で繰り返し、そして――

ぽん、と膝を叩《たた》いた。

目から鱗《うろこ》がぼろぼろ落ちる。好きな人にしかできないことを、平然とした顔で――そうか。そうすれば、相手はこっちがどういうつもりなのか気になって仕方がなくなる！

「先輩！」

私は感極まって椅子から立ち、亜霜先輩の手を取った。

「師匠と……師匠と呼ばせてください！」

亜霜先輩はふっと不敵に笑い、

「よかろう、我が弟子よ！」

静かで狭い印刷室に、怪しげな笑いがさざめき続けた。

南《みなみ》暁月◆好きな人じゃないとできないこと

「おっすー。お風呂入りに来たぞー」

あたしは着替え片手に靴を脱ぎながら、リビングのほうに向かっていった。

あたしと川波《かわなみ》、お互いの家に親が帰らないとき、どちらかの家でお風呂を沸かして二人で順番に入る、という習慣はまだ続いていた。まあ、このほうが楽だし、安上がりだし、昔もこうしてたから元に戻っただけのことだ。

決して、結女ちゃんが生徒会で忙しくなって、あんまり構ってもらえなくなったから、寂しくなっているわけではない。ない。

結局、いつもの四人で単なる帰宅部、あたしだけになっちゃったなー。暇を潰すだけならいくらでもできるけど、何だか取り残されちゃった感。

「……あたしもバイトとかしよっかなあ……」

今までも、短期で入ったりはちょくちょくしてたんだけど……。でも、お小遣いには大して困ってないんだよなー。あたしの親も川波と一緒で、子供を放置する代わりにお小遣いいっぱいくれるタイプ。

なんて考えながらリビングを覗《のぞ》くと、誰もいなかった。

「……あれ？」

首を傾《かし》げながらリビングを歩き回っていると、遠く水音が聞こえてくる。

あ、お風呂。もう入ってるんだ。

脱衣所を覗くと、磨《す》りガラスの向こうに影が見えた。今日は早いな。運動でもしてきたのかな。

「………………」

磨りガラス越しに動く影を眺めていると、むくむくっと膨らんでくる気持ちがあった。

こういうのを魔が差すというのか。結女ちゃん成分欠乏に伴う退屈が、あたしにとある発想をさせたのだ。

ちょっと驚かせてやろ。

あたしは着替えを洗濯機の上に置くと、シャツを脱ぎ、スカートを脱ぎ、ブラを脱ぎ、パンツもするりと脱いで、常備してあるあたし用のバスタオルを裸身に巻きつける。

　そして、特に気負うことなく、浴室のドアを開けた。

「……んあ？」

　頭をシャンプーであわあわにした川波が、片目を瞑《つぶ》ったまま振り返る。

　あたしのセクシーな姿を見て、あんぐりと口を開けて、

「――んあ!?」

「あー、入ってたんだー。気付かなかったー」

「嘘《うそ》つけぇ!!」

　あたしはピシャンッと後ろ手にドアを閉める。

「また服着るのも面倒だし、一緒に入っちゃおっかなー♪　ついでに背中でも流してあげるっ♪」

「きっしょくわりぃ……」

　川波は心底嫌そうな顔をしながら、タオルを手繰り寄せて股間を覆った。

　あたしはそれを遠慮なく覗き込みつつ、

「今更隠す必要あんの？」

「お前に見せてやる義理はもうねーんだよ。お前こそ隠す必要あんのか？」

「あっ、それもそうか」

「ちょっ、馬鹿！」

背後でしゅるっとバスタオルの結び目を解《ほど》いてみせると、川波は慌てて瞼《まぶた》を閉じた。あたしはにししと笑いながら、川波の剥《む》き出しの背中にしなだれかかって、耳元で囁《ささや》く。

「あれー？　何慌ててんのー？　今更でしょ？　あたしの裸とかー。……あ。それとも、あたしの裸を見ると困っちゃうことがあるのかなー？」

「……下ネタやめろや」

「えー？　何がー？」

「あーうぜえ！」

あたしの身体《からだ》なんかエロい目で見れないって、いつも言ってるくせに。ダッサぁ。あんまりやると例のアレルギーが発動して蕁麻疹《じんましん》が出る。いったんこのくらいでやめておいて、あたしはシャンプーがついた川波の髪をわしゃわしゃと洗い始めた。

「痒《かゆ》いところはございませんかー？」

「いろいろ。お前、手ぇ小《ち》っちぇえ」

「それは申し訳ございませんー」

「痛《い》ってえ！　引っ掻《か》くな！　禿《は》げる禿げる！」

全体をざっと洗い終えると、シャワーを出してシャンプーを落とす。白い泡の中から、いつもの髪先を遊ばせたチャラいやつとは違う、べったりとした髪が出てきた。

「あんたさあ、変に髪型いじんないほうが合ってるんじゃない？」

「うるせえ。合ってるとかじゃねーんだよ。気に入ってんの。女子が男ウケ悪《わ》りぃマニキュアすんのと同じ」

「ふうーん……」

まっすぐなのもクールでいいと思うけどなあ……。

「はい。じゃあ次、身体ね」

「もう洗った」

「嘘つけ。あんた頭から洗うタイプじゃん」

「いつまで覚えてんだよ……」

……そりゃまあ、一時は頭の先から足の先まで洗ってたわけですし。

「心配しなくても、背中だけだよ」

「……おう」

ボディタオルにソープをつけて泡を立て、いつかよりも少し大きくなった背中を擦《こす》っていく。

あー、やっぱりやめておくんだったかなあ。こうしてるとどうしても、過去にやらかしてしまったことが頭の中をチラつく。

かつてのあたしは、こーくんの肌、筋肉、毛穴の一つ一つに至るまでが大好きで、それしか見えてなくて、まるで自分のものであるかのように扱った。こんなに尽くしてるんだからこーくんも喜んでるはずだって、本人の顔を見ようともしなかった。

未熟で愚かな、子供の傲慢。黒歴史と呼ぶには、あまりに傷跡が大きすぎる。反省したし、直そうともした。でも、未《いま》だに完全には直りきらない。たぶん、あたしは生まれつきそういう人間で、これからも多かれ少なかれ、似たようなことをやらかすんだろう。

だったら、せめて。あたしの最大の被害者であるこいつのことは、……少しでもいいから、責任を取らせてほしい……。

「……ねえ」

珍しく殊勝な気分になって、あたしは目の前の背中に話しかけた。

「やっぱり、あんたが洗ってよ」

「は？　お前が洗うって言い始めたんだろーが――」

「じゃなくて。……あたしを。あんたが」

「……は？」

川波が目を丸くして振り返る。あたしはシャワーで泡を落とすと、振り返ったその顔を摑《つか》んで正面に戻した。

「ちょっとそっち向いてて」

浴室にもう一個ある椅子を持ってきて、川波と背中合わせに座る。それから、身体に巻いたバスタオルをするりと取って、前に抱き寄せて背中だけ晒《さら》す形にした。

「いいよ」

振り返る気配があった。続いて、しばらくの無言があって、

「……どういうつもりだ？」

「あたしがあんたを洗うのなんて、散々やったことでしょ。もう飽きたから、今度は逆」

「飽きたって……」

リハビリだ。うんざりするくらいやられたことを、今度は自分がやり返す。そうしたら、こいつの傷跡も多少は癒える。……かもしれない。

あたしは解いた髪を肩から前に回して、うなじを見せた。

「ほら。早く」

川波はまだ躊躇《ためら》ってたけど、あたしがタオルを押しつけると、深く溜《た》め息《いき》をついて言った。

「……わかった」

ボディソープをつけたタオルが、あたしの背中にそっと添えられる。

布と、ぬるぬるした泡の感触。それらの中に、少しごつっとした指の感触が混ざる。

「んっ……」

ゆっくりと背中を擦られて、少しくすぐったかった。別に、背中を触られたことなんていくらでもあるのに、その手つきが妙に優しい気がして。

タオルは背中から腰のほうまで移動する。なんというか、当たり前だけど、この格好、お尻見えちゃってるな。でも、まあ、そんなことも今更だ。あたしがこいつの全部を知ってるように、こいつもあたしの全部を知っている。幼馴染《おさななじ》みってそういうことだ。

「……これでいいか？」

背中から腰を、一通り洗い終えて、川波は言った。

もう終わり……？　これだけで？

何だか手応えがなくて。達成感がなくて。あたしは――

「――ダメ。まだ」

少しだけ、後ろに身体を傾けながら。

少しだけ、胸の前に掻き寄せたバスタオルを下ろしながら。

「前」

肩越しに振り返って、言う。

「今度は……前」

川波の目が大きくなって、それから、耳が赤くなっているように見えた。それはもしかしたら、お風呂で体温が高くなっているからかもしれなかったけど、だったら見開かれた目が泳いで、少しだけ下ろしたバスタオルの隙間を覗《のぞ》いているはずもなかった。

ぴくりと、川波の手が震える。

直後。

——ぷつ、ぷつ、と。

川波の腕に、蕁麻疹が浮き上がってきた。

「うぐっ……ちょ、悪い。オレ上がる！」

タオルで股間を隠しながら、川波は慌てて浴室を出ていった。

取り残されたあたしは、少しの間、唖然《あぜん》として——それから、水滴の付いた天井を見上げる。

「……早速やらかしたー……」

本当にあたしって、こういう人間なんだよなあ。

それから、あたしは溜め息をつきながら身体を洗い、湯船であったまり、浴室を出た。

今にして思うと、あいつ自意識過剰じゃない？　身体洗えって言ったくらいでさ、意識しちゃってさ。昔のあたしはもっとすごいところも洗ってたっつーの。

今のあたしは、あいつのことなんか別に何とも思ってないし。ただ、自分でやったことのケジメはつけないとっていうか？　加害者としての責任を果たそうとしているだけで、好きとかそういうのはこれっぽっちもないわけよ。わかる？

「……ん？　なんか来てる」

ぶつくさ言いながら身体を拭いていると、スマホに通知が来ているのに気付いた。

見る。ＬＩＮＥだ。……あっ、結女ちゃん！

急いで開くと、結女ちゃんからのメッセージは次のようなものだった。

〈つかぬことを訊《き》くんだけど、好きな人じゃないとできないことって、例えば何？〉

本当につかぬことだなあ。急にどうしたんだろ？

とはいえ、他ならぬ結女ちゃんの頼みだ。あたしは真摯に、真剣に考えて、こういう風に返信した。

〈そうだなあ……。一緒にお風呂入るのは、好きな人じゃないと無理かも〉

伊理戸水斗◆男たる者、耐え忍ぶべし

『いいか、伊理戸……男は誘惑に乗ったら負けだ』

僕は浮かせた腰をぷるぷるさせながら、通話越しの川波の声を聞いた。

『据え膳食わぬは男の恥なんて言うが、むしろ恥を忍んでこそ真の男ってもんだ。鎌倉武

士じゃあるめーし、恥を掻いたくらいで死ぬこたぁない。その先にこそ本当の誇りがある。安易な誘惑に乗るのは自分の価値も相手の価値も下げちまうんだ。わかるか？』

『ふぃーっ……んぐぅーっ……！』

川波の講釈に混じって聞こえてくる鳴き声は、同じ通話に入っている東頭いさなのものだった。いさなも僕と同じく、ベッドに肘を立てて腰を浮かせた格好——プランクをして耐えているのだ。

『耐えろ。耐えるんだ！　男の筋肉は鍛えなけりゃつかねーが、女の胸やケツはある程度勝手についてくる。そんなお手軽な武器に揺らぐんじゃねえ！　鋼の肉体と鉄の精神を手に入れ、奴《やつ》らの浅ましい攻撃を返り討ちにするんだッ！』

『ぶはーっ！』

ぼふんっといさながベッドに倒れ込む音がした。

それから数秒して、僕も腹筋の辺りに限界が来て、顔面からシーツに沈む。

僕といさながはあはあ言っているうちに、川波は平然とした声で、

『一分か。まあマシになったんじゃねーの、最初に比べりゃ』

なんで僕たちが通話を繋《つな》ぎながら筋トレなどしているのかといえば、当然ながら川波の発案だった。

曰《いわ》く、女子を口説くには僕の身体はヒョロすぎるらしい。

まあ反論できるほどの筋肉は確かにないが、汗を掻《か》くのは正直苦手だ。僕が難色を示すと、川波はこう言った。

――あのなあ伊理戸。女子は日夜、保湿だのストレッチだので美容を保つ努力をしてんだ。だったら男だって、最低限の筋肉をつける程度のことはするべきだろーが

川波はたまに真理めいたことを言う。女子が美容を保つように、男も筋肉をつけるべきだ、か。なるほどね。捻《ひね》くれ屋の僕が納得する程度には正論だった。

のだが。

「はあっ……川波……はあっ……君……最初と言ってること、変わってないか……？」

『ん？　何がだ？』

『そうですよ！　……ふふぁあ……なんですかっ、「女の胸やケツはある程度勝手についてくる」って！　はー……大変なんですよっ！　胸やケツを維持するのも！』

大変な努力をしている割には、いさなは体力がなさすぎる気がするが……。

ちなみに、いさなが一緒に筋トレをしている理由は、母親である凪虎《なとら》さんからの指令である。

『お、怒んなよ。「ある程度」って言ったろ？　「ある程度」って』

『いえ……今日のあなたには、女子に対するヘイトが感じられます。さては、南さんと何かありましたね？』

『は？　何にもねーし。何を根拠に言ってんの？　は？』

『ほら逆ギレした！　何にもない人はキレないんですよ！』

基本的にポジティブな川波がメンタルを乱すのは、大抵南さん絡みだ。発言の内容から察するに、今日は何かしら誘惑めいたことをされて、からかわれたと見た。

『……とにかくオレが言いてーのはだな！　簡単に下心を見せるのは良くねーってことなんだよ！　薄っぺらい奴だと思われて評価が下がるし！　ひいては口説き落とすなんて夢のまた夢！　そうだろ東頭⁉』

『えー？　わたしは水斗君にエロい目で見られたいですし、水斗君をエロい目で見てますけどねー』

『こういう奴はダメなんだよ！　わかったか伊理戸！』

『反面教師にしないでください！』

まあ、川波のヘイトがどうなっているにしろ、言わんとすることはわからんでもない。下心丸出しの男を喜ぶ女子はそうそういないだろう。いさなだって、相手が慣れ親しんだ僕だからそういう風に言うだけで。

『いいか……？　もし伊理戸さんが迫ってくるようなことがあっても、鉄の意思をもって耐え忍べ。絶対に反応するな……。　これは男の戦いだ』

迫ってくる、ねえ……。あの女に、そんな大それたことができるとは思えないが。

『悪《わ》りぃ、ちょっとトイレ行ってくる。その間、あんたらは腕立てでもしといてくれ』

『いっといれー』

クソしょうもないいさなのボケを、川波は無視した。通話状態がミュートになる。

『はふぁー……じゃあやりますかぁー……』

んーっ、といさなが伸びをする声がした。その瞬間だった。

枕元に置いていた通話状態のスマホに、急に映像が現れた。

「ん？」

一瞬、理解が追いつかなかった。

しかし、スマホに映っているのが、いつぞやに見たラフなTシャツ姿のいさなであることがわかると、僕はようやく事態に気が付いた。

ビデオ通話になってる。

いさなは腕立て伏せをするために、ベッドに両手をついていた。カメラはそれを頭側から映す形になっていた。寝間着用のTシャツは襟ぐりがゆるゆるで、重力に従って下方に垂れ、同じく重力に引かれてぶら下がった二つの白い果実を晒していて——

『それじゃあ行きますよー。いーち——』

潰れる。

ぶら下がる。

潰れる。

ぶら下がる。

「……いさな」

『ふぁいー？』

「その腕立て、意味あるのか？」

『え？　……わひゃああーっ⁉』

悲鳴の直後、映像は真っ暗になった。

……なるほど。

確かに、耐え忍ぶ必要があるらしい。

伊理戸水斗◆男の戦い

一通り筋トレをして、通話を解散すると、僕は汗を流すために風呂に入ることにした。

裸になって浴室に入ると、腹筋に力を入れて軽くつついてみたりする。硬く……なっているような、なっていないような。筋トレを始めてそんなに時も経《た》っていないし、そうそう目に見える変化があるわけもないか。

掛け湯をして汗を流すと、湯船に入って身体《からだ》を温める。首まで湯に浸《つ》かり、筋肉の疲労が取れていくのを感じていると、脱衣所のほうから人の気配を感じた。誰かが洗面台を使っているんだろう。

二分ほどでさっさと湯船から出て、身体を洗うことにした。僕はあまり長湯を楽しめるタイプじゃない。風呂はできるだけ素早く済ませることにしているのだ。

が。

今日、この日ばかりは、そうもいかなかった。

なぜなら、僕が石鹸《せっけん》を取ろうとしたその瞬間——ガラリと、浴室の扉が開いたからだ。

「——はっ？」

振り返った僕の目に映ったのは、裸身に白いバスタオルを巻いた同居人だった。

伊理戸結女だった。

え？　あ？　は？　なんで？　混乱しながら、僕はちょうど手にしていたタオルで股間を隠し、異常事態にもかかわらず澄ました顔をしている義妹に言う。

「ちょっ……は、入ってるぞ？」

「知ってる」

ガラガラピシャン。

結女は後ろ手に扉を閉めた。

それは偶発的な侵入じゃない。意図的な侵攻だった。

「なっ……な、何やってる⁉」

「べつに？　たまには背中でも流してあげようかなって」

薄く笑みさえ浮かべながら、結女は言った。

「こういうのもいいでしょ？　家族なんだし」

僕の脳裏に過《よ》ぎったのは、同居が始まったばかりの頃に定めた、『きょうだいルール』のことだった。

きょうだいらしからぬ言動をしたほうが弟妹になる――同居生活にも慣れ、すっかり存在ごと忘れかけていたが、もしや今になって仕掛けてきたのか？

――いいか、伊理戸……男は誘惑に乗ったら負けだ
さらに、川波の言葉が蘇《よみがえ》る。絶対に下心を見せるな。鉄の意思をもって耐え忍べ。不慣れな筋肉トレーニングと共に刻みつけられた言葉が、全身に巡っていく。

バスタオルの上からでもわかる胸と腰の曲線。腕や肩、太腿《ふともも》の輝くような艶《あで》やかさ。目に入ってくるそれらを意識から閉め出していく。

そうだ、屈するな。あんな女に生まれた時点でついてくるようなものに。頭の中でいさなが怒ったが、それもいったん外に閉め出す。そして、

「ふうん……」

僕は言った。

「いいんじゃないか？　たまには。家族なんだし」

ぴくっ、と結女の頬《ほお》がひくついた気がした。

反応しない。僕は決して反応しない。君が期待するような反応は一切しない。

これは男の戦いだ。

伊理戸水斗◆あなたの顔を赤くしたい

「どう？　加減は」

「もうちょっと強いほうがいいかな」

「ん。おっけ」

背中を洗われている。

ボディソープをつけたタオルで、結女のしなやかな手が、わしわしと僕の背中を洗っている。

その現実感のない状況を、しかし正面の鏡が現実として、しっかりと映し出していた。

股間にタオルを乗せ、猫背になって椅子に座っている僕。その後ろで膝立ちになって、僕の背中を上下に擦《こす》るバスタオル姿の結女。

それだけでも頭がバグりそうなのに、結女はさらに責め立ててくるのだ。

「……ふふ。思ったよりたくましいのね？　もっとガリガリかと思ってた」

　いや、そんなはずはない。そんなにすぐに筋トレの成果が出るものか。と、理屈ではわかっているのに——くすぐったいような感触が、僕の心臓を撫《な》でていく。

　落ち着け。落ち着け。反応するな。冷静に返すんだ。

「そうか？　普通にガリガリだと思うけどな」

「そんなことないわよ？　この肩甲骨の辺りとか——」

　んぐーっ!?　直接触るなあ！

「腰とかも、やっぱり女子よりゴツゴツしてる」

「くっ……すぐったいぞ」

「ああ、ごめんなさい？　つい……触りたくなっちゃって」

　くそっ、表情を変えるな！　鏡越しに見られているぞ！

「くく……」

「ふふふ……」

　不敵な笑みで危機を乗り越えているうちに、ついに結女はシャワーを手に取った。僕の背中についた泡を流していく。

　その間に、僕はすかさず言った。

「前は自分で洗うよ」

「そう？　遠慮しなくていいのに」

助かった。タッチ以上の攻撃をしてこなかった。もし漫画やライトノベルのそういうシーンみたいに、手以外の……その、身体の部分を使ってこられたりしたら、いくら僕でも完全に平静を装うのは難しかったかもしれない。

結女からボディソープ付きタオルを受け取り、いったんの平穏を得た僕は、つい、束《つか》の間《ま》、油断してしまった。

その油断に、結女は付け込んできた。

「それじゃあ、頭を洗ってあげる」

は？

「気持ちいいでしょ？　人に頭を洗ってもらうのって。ほら、こっち向いて」

「いやっ、ちょっ――」

「い・い・か・ら！」

身体をぐるりと一八〇度回転させられて、正面にバスタオル姿の結女が来る。

結女は、僕の顔を見てくすりと笑い、

「はい、目を閉じてね」

「ぶあっ⁉」

シャワーを頭っから僕に浴びせた。

そうして髪を充分に濡《ぬ》らすと、今度は、

「シャンプー取るから、ちょっとどいて」

閉じていた瞼《まぶた》を薄く開ける。

と、結女が僕の身体の左横を通り抜けるように、身を乗り出してきていた。

「よいしょっ……」

右に身体を傾けてそれを避《よ》けた僕からは、シャンプーに手を伸ばす結女の背中やお尻が丸見えだった。加えて、僕の左脚は結女のお腹《なか》の下――すなわち、胸の膨らみと太腿の間に挟まる形になっていて、結女が少しでもバランスを崩せば、何もかもが触れ合ってしまう状態だった。

反応するな。反応するな。

バスタオル越しでもわかる腰の細さやお尻の丸みなんてどうでもいい。僕の左脚のすぐ横にぶら下がる脂肪の塊なんてどうでもいい。ひたすら身体を固くし、石像と化すことでこの窮地を乗り越えろ！

「取れた取れた。はい、じゃあ頭下げてー」

シャンプーを手のひらに取った結女は正面に身体を戻し、僕を項垂《うなだ》れるような姿勢にさせて、僕の頭でシャンプーを泡立て始める。

普通、他人に頭を洗われるというのは心地よく、どこか安心感を覚えるものだが、このときの僕は安心とは無縁だった。

何せ、俯《うつむ》けた視界の、垂れた前髪の隙間から見えるものが。

「痒《かゆ》いところはございませんかー？」

気付いているのだろうか。わかってやっているのだろうか。

僕が、少し眼球を上に向ける、それだけで——バスタオルからはみ出した胸元が、覗《のぞ》けてしまうということを、知っているのだろうか。

……大きい。

普段、いさなと一緒にいるから、感覚がおかしくなっていたのかもしれない。

こうも間近で、改めて見てみると、これはかなり大きい部類だとわかる。

二つの膨らみの間でしっかり谷間ができているし、何よりバスタオルに押さえつけられているにもかかわらず、腕を動かすたびに、少し……ふるふると、揺れているような気が、する。

それに形も綺麗《きれい》だった。ブラジャーの支えがないにもかかわらず、しっかり前に張り出したお椀《わん》型で——いや？

ブラジャーの支えがない？　……本当にそうか？

思い出せ。少し前にあったことを。今日のようにバスタオル姿でからかってきて、その実は下着をつけていた、ということがあったばかりじゃないか。

今日はそうじゃないとなぜ言える？

こいつの目的は、たぶん僕をからかうことだ。ならばオチを用意している可能性は大いにある。『裸じゃないのに何を意識してんの？　ぷぷー』というオチだ。

見切った。

であれば、恐れることなど何もない。下着や水着を着ているとしても、今、目の前に結女の胸元があることは変わらないが、恐れることなど何もない。ないのだ。

平静を装う——ではない。

僕は平静になれたのだ。

「どうだった？　私に洗ってもらえた感想は」

どこか勝ち誇った雰囲気を滲《にじ》ませる結女に、僕は水滴の滴る前髪を掻《か》き上げて答える。

「ああ、たまには悪くないな。腕を動かさなくていいから楽だ」

「……それだけ？」

「それだけだが？　……それより、そろそろ君も温まったらどうだ？　風呂場とはいえ、湯にも入らずにそんな格好でいたら寒いんじゃないか？」

「えっ」

僕はにやりとほくそ笑む。

「一応言っておくけど、布を湯に入れるなよ。衛生的に問題があるからな」

布。

バスタオルはもちろん、下着や水着も含む。

「服を着直すのも面倒だろ？　ついでだから君も身体《からだ》を洗ってしまえよ」

できまい。なぜならそのバスタオルの下には、下着や水着があるのだから。その事実を明かしたくなければ、君はすごすごと風呂場から退散する以外にないのだ。

たじろいだ様子の結女を見て、僕はチェックメイトを察する。どうやら僕が一枚上手だったようだな。まあ精進することだ！　わはははは！

「……そう……ね」

勝ちを確信していると、結女が躊躇《ためら》いがちに、バスタオルの結び目に触れた。

「確かに、面倒だし……入っちゃおうかな」

ん？　……なんだと？

呆《ほう》けた僕を後目《しりめ》に、結女は立ち上がり、湯船に両足を入れて、縁にお尻を下ろした。

まさか、それで『入った』と言い逃れる気じゃないだろうな？

そんな予想は、またも外れる。

湯船の縁に腰掛けて、僕に背中を向けた結女が——しゅるりと、バスタオルを両脇に広げたのだ。

僕からは見えない。

広がったバスタオルに遮られて、何も目に入ることはない。

ただ、黒髪から覗いた結女の耳が、真っ赤になっていることだけが見えていて――

「……あんまり、見ないでよ……」

か細い声に我を取り戻し、慌てて視線を外した。

まさか……バスタオルの下は、本当に全裸？

僕らは今、お互いに全裸の状態で、狭い密室に居合わせているのか？

今更といえば今更な疑問に、脳髄が痺《しび》れていく。

湯船の側面に身体を寄せれば、胸から下は大体隠せるだろう。しかし、それにしても不完全で。僕が少し立ち上がり、上から湯船を覗き込むだけで、一糸纏《まと》わぬ結女の身体が目に入ってしまうわけで。そんなことに……もしそんなことになったら――

ぱさり、とバスタオルが落ちる音がした。

ちゃぷちゃぷ……と、湯に身を浸していく水音がして。

そして――

――ざばっ！　と、何か大量の粉のようなものが落ちる音。

「は？」

目を上げると、結女は首までお湯に浸《つ》かっていた。

「ふー……」

そう——首まで。

白く濁ったお湯に。

「気持ちいー……。買ってくれたお母さんに感謝……」

にゅ——入浴剤！

窓際に置いてあったやつ！　あれをお湯にぶち込んだのか！　これじゃあ結女がお湯に浸かっている限り、その肌が露《あら》わになることはない——バスタオルよりも強固な防壁だ！

「あれ？　どうかした？　水斗？」

結女は湯船の縁に両腕を出し、その上に顎を置いて悪戯《いたずら》っぽく笑った。

「何か……期待外れ、みたいな顔してるけど？」

……おのれぇ、この女……！

「いや……入浴剤って、あんまり使ったことないからさ。物珍しくて見てただけだ」

「そう？　それじゃあ——」

結女はことりと小首を傾《かし》げ、

「——一緒に入る？」

……調子に乗りやがってっ……！

「い、いや……それは、さすがに……」

「そう。残念。チャンスだったのに」

平然と言いながら、結女はゆったりと肩を白いお湯に沈める。

それから、ざぶん、と足の先をお湯から出して、

「あーあ。惜しかったな～。楽ぅ～に私の裸が見られるチャンスだったのにな～」

ざぶん、ざぶん、ざぶん。

温泉で遊ぶ子供みたいに、ゆっくりとバタ足をする結女。

「まあ、もし本当に見たかったら……今度は、自分の力で見られるように頑張ってね？」

……用意してきやがったな、その台詞《せりふ》。

自分の力ってなんだよ。脱がしてみろってことか？　舐《な》めやがって……！

結女はくすくすと笑いながら、上機嫌にざぶんざぶんとお湯を蹴る。

「まあ？　あなたも思春期だし？　女の子の裸には興味津々だと思うけど？　そう都合良く簡単には見られないってことね。勉強になってよかったんじゃない？」

ちくしょう、起死回生の策だと思ったのに……。最初から想定済みだったってわけか。

これは、準備の量が勝敗を分けた——悔しいが、ここは敗北を認めざるを得ない。

「言っとくけど、私は東頭さんほど無防備じゃないからね。今日が特別だっただけで、普段は下着の一枚だって——」

——ズボンッ。

……ん？

今……何か抜けた音が……。

「それにしても、大人しい顔して本当にスケベよね？　普段は女の子になんか何にも興味ありませんーって顔しといて、いざとなったらこれなんだから――」

結女は機嫌よくくっちゃべっていて、気付いていない。

気付いていない、が――しかし、確実に。

結女の身体を覆い隠す、白く濁ったお湯が――減っていっている！

「お、おい！　お湯！」

「へ？」

慌てて指摘したときにはすでに、結女の胸の上半分が露わになっていた。

ほ、本当に何も着けてない……。

「えっ⁉　な、なんで……あっ、栓が！」

膨らみの頂点が見えようとした寸前、結女は慌てて片腕でそれを覆い隠し、もう片方の手で湯船の底を探り始めた。

たぶん、ざぶんざぶんと湯船の中ではしゃいでいたものだから、手だか足だかが排水口の栓の鎖に引っかかり、勢いそのまま引き抜いてしまったのだ。

それを元に戻せばお湯の減りは止まる。だけど、

「み、見えない……。栓……栓どこ⁉」

自分がぶちまけた入浴剤のせいで、栓がどこに行ったのかわからなくなったようだった。

そうしているうちに、湯面はさらに下がっていく。細い腰と小さなへそが露わになり、このままでは、そのさらに下――股間とお尻が見えてしまうのも、時間の問題だった。

冷静に考えれば。

この時点で、僕が出ていけばよかったのだろう。僕の視線さえなかったら、お湯がなくなったところで何も問題はなかったのだから。

しかし、僕もテンパっていたのだ。

頭が茹《ゆ》だっていたのだ。

まるでのぼせたかのように。

「馬鹿！　鎖を手繰り寄せろっ！」

だから思わず、腰を浮かせた。

湯船の内側に手を伸ばして、その内壁から垂れ下がった栓の鎖を摑《つか》んだ。

身を乗り出して。

自分の股間を、タオルで覆っているのも忘れて。

「――ぇあっ？」

瞬間、結女が目を丸くした。

同時、下半身が涼しくなったことに気付いた。

そして、時が止まった。

「…………………」

「…………………」

ジュゴゴゴ、と濁ったお湯が排水口に消えていく。

結女の胸は、結女自身の手のひらと腕で覆い隠され――露わになった腰回りもまた、きっちり閉じた太腿《ふともも》で致命的な部分を防御していた。

しかし、椅子から浮かせた、僕の腰回りは。

「――……〜〜〜〜っ‼」

結女は目を逸《そ》らすなんて気の利いたことはせず、見開いた目で思いっきりガン見しながら、茹でたエビのように顔を真っ赤にした。

それとは真逆に血の気の引いた僕ができたことは、ただひとつ。

落ちたタオルを拾い。

それで股間を隠しながら。

……背中を丸めて、足早に浴室から離脱することだけ。

空になった湯船と、丸裸の結女だけを残して、僕は浴室の扉を閉めた。

そして、機械的にバスタオルで身体を拭きながら、意味もなく天井の換気扇を見上げる。

――思い返すのは、結女の姿。

柔らかな肉に食い込んだ、細い指の隙間。胸を押し潰すようにして隠していた、腕の肉の間隙。そして、ぴっちりと閉じた、太腿の合間の闇――

それらの記憶を精査して、精査して、精査して。

結果。

見えて――

――なかった。

……僕は、完全に見られたのに。

「………逆だろ、普通…………」

漫画のように悲鳴をあげるのは難しいってことを、僕は初めて知った。

伊理戸結女◆人類総助兵衛《すけべえ》

「………見ちゃった…………」

お風呂場を出て、寝間着に着替え、自分の部屋に戻り。

ベッドに身を投げ出して、枕を胸の中に抱き締めながら、私は反芻《はんすう》した。

目に焼きついた光景。

はらりと落ちたタオルの向こうから現れた、水斗の——

「見ちゃった、見ちゃった、見ちゃった、見ちゃった、見ちゃった、見ちゃった見ちゃった見ちゃった見ちゃった見ちゃった見ちゃった見ちゃったあ〜っ……——っ!!」

あれが……あれが、水斗の。

あんな可愛《かわい》い顔して。あんな大人しい顔して。あんなクールぶって。あんな……あんなぁ〜っ……!

ベッドの上でごろごろしながら、足をじたばたさせる。

なんか……なんか、すごい。世界が変わった気がする。だって、だって私、お母さんと二人暮らしだったし。お父さんとは、お風呂とか入った記憶ないし。本当に……本当に初めてだったんだもん。生まれて初めて見たのが、水斗ので……。

「……うぇへ。うへへ」

あ、まずいまずい。私、今かなりキモい。東頭さんみたいになっている。

そっかぁ。水斗はああいう感じなんだぁ。え〜? 私、大丈夫かなあ? いざそういうことになったとき、ちゃんとできるかなあ? え、え? そういえば付き合ってた頃、一回だけそういうことの寸前まで行ったことがあるけど……あいつ、中学生の私にあんなのを、その、ああするつもりだったわけ? こわっ! 超怖い!

「……はあ～っ……」

熱い溜《た》め息《いき》をついて、このテンションの上がりっぷりを省みる。

暁月さんもすごいスケベだし、東頭さんは言わずもがなだけど……私も案外、エロいらしい。

そう。エロいのは男子だけではない。女子もエロいのだ。エロエロな妄想をすることだってあるし、エロいものを見たらテンションが上がってしまうのだ。

人類皆エロい。

明日葉院さん辺りには、理解できないんだろうけど。

「(……水斗のエッチ。スケベ)」

枕に口を当てて、もごもごと呟《つぶや》いて、一人でにへへとにやついた。

エッチ。スケベ。私といっしょ。

これから先、あなたがどんなに平静を装っても……私にはもう、通じないからね？

伊理戸結女◆一年先に生まれた程度では偉ぶれない

「ありがとうございました、先輩！」

翌日。私は亜霜先輩に、ニッコニコで勝利報告をした。

「おっ、上手《うま》くいったんだ！　おめでとー、ゆめち！」

「はい！　先輩のおかげです！」

生徒会室で二人きりになったタイミングだった。亜霜先輩は腕を組んでうんうんと肯《うなず》いて、

「このあたしの教えを受けたんだから当然の結果よ！　ちなみにどんな風にやったの？　あたしほど攻めてはいないんだろうけど、下の者からも積極的に学びを得るのがあたしのいいところだからね！　できれば詳しく教えてくんないかな！」

「ええと、そのですねー……」

えへへ、とはにかみながら、的確なアドバイスをしてくれた先輩に敬意を表して、正直に報告することにする。

「実は……お風呂に入ってるところに、突入しましてー……」

「…………オフロ？」

「もちろんバスタオルは巻いてましたよ？　彼も最初こそ平静を装ってたんですけど、先輩に教えられた通りに攻めてたら、だんだんボロが出てきて！　それが可愛くて調子に乗って、ちょっと失敗はしちゃったんですけど、最終的には結果オーライというか！」

口が止まらなくて、一気に捲《まく》し立てる。だって、私史上、あんなに上手くいったの初めてだったんだもん！　いつもは大抵、私がドジ踏んで損して終わるんだから！

「………ヘエー、ソウナンダ。ヤルジャン」

あ、あれ？

「せ、先輩……？　棒読みになってますけど……？」

「ナッテナイヨ」

「なってますよ！　ペッパー君みたいになってます！」

私喋《しゃべ》りすぎた？　オタク特有の早口出ちゃった？　にしても、なんでそんなに目が死んでるの先輩⁉

私があわあわしていると、亜霜先輩はどこか暗い声で呟く。

「……ちなみに……」

「はい？」

「ゆめちって……恋愛経験とか、あっちゃう感じ……？」

「あ。……すみません、言ってませんでした」

恋愛相談をする上で必要だろう。私は正直に告げる。

「中学の頃に、彼氏が――」

「不純だぁーっ‼」

「ええ⁉」

亜霜先輩は突如絶叫し、そのまま生徒会室を飛び出した。

「最近の若者は不純だぁーっ――――……」

声が遠くなっていく。

取り残された私は、ただただ呆気《あっけ》に取られるばかりだった。

そ、そんなに変かな？　中学生で彼氏がいたの……。暁月さんとかも、中学の頃はいたみたいだし、別に不純って言われるほどじゃあ……。

それから程なくして、紅会長が生徒会室に入ってきて、亜霜先輩が走り去っていった方角を見やりながら私に言った。

「どうしたんだい？　愛沙が泣きながら逃げていったけど」

「いえ、その……ちょっと相談事というか」

「……ははあ。もしや恋愛相談かい？」

珍しく羽場先輩を伴っていない紅会長は、やれやれと小さな肩を竦《すく》めて、

「背伸びをするから痛い目を見るんだ。自分は会長――星辺先輩に丸一年もへばりついて、大したことは何もできてないくせにね」

「えっ？　……丸一年ですか？」

「そりゃそうさ。愛沙が生徒会入りして以来の縁なんだから。星辺先輩が引退するときにせっついて、それでもヘタレたもんだから、今は卒業前に何とかしろって尻を叩《たた》いているところだよ」

「……ちなみに、亜霜先輩って、それ以前に彼氏とかは……？」

「全然縁がなかったみたいだよ。これまではアニメとかゲームとか、自分の趣味にしか興味がなかったみたいだね」

……もしかして。

私の恋のアドバイザー、ポンコツ多すぎ……？

「まったく、後輩に少し先を越されたからって逃げ出すことはないだろうに。大人げない先輩で申し訳ないね。ちなみにだけど、愛沙になんて言ったんだい？」

「中学の頃に彼氏がいたって言ったら——」

「不純」

「なんで!?」

この生徒会、初心《うぶ》な人が多すぎるよお！　助けて暁月さん！

君が見ている僕のこと

伊理戸結女《いりどゆめ》◆真面目少女の闇と憧れ

「うーん……『家族』、とか？」

悩んだ末に絞り出した私の案に、明日葉院《あすはいん》さんはしらっとした顔で言う。

「天涯孤独の人に当たったらどうするんですか」

「ええ？　そこまで考える？　……うーん、でもゼロではないか……」

「そもそも、人を借りるってどうなんですか？　物扱いしてませんか？」

「まあでも、そういうお題もないと盛り上がらないじゃない、借り物競走って」

「難しいですね……」

放課後の生徒会室で、一年生が二人揃《そろ》って唸《うな》っているのは、体育祭で行う借り物競走のネタ出しだった。

我が校の借り物競走はちょっと特殊で、『チェンジ』がアリになっている。引いたお題が難しいと思ったら、別のお題箱のところまで走って引き直すことができるのだ。そして、最初のほうのお題ほどハードルが高いものになっていて、チェンジを繰り返すたびに簡単になっていく――という、妙に凝ったルールになっていた。

簡単なお題を求めればその分時間がかかるけど、最初のお題をクリアしようと思うと難しい。

ゲームとしてバランスは良くなってるんだけど、それぞれの難易度に応じたお題を用意しなきゃいけないから、準備する側――つまり私たちは大変だった。

今もこうして、初《しょ》っ端《ぱな》の最大難易度のお題で躓《つまず》いている。

「いくら難しいお題と言っても、誰が引いてもクリアできるようにしなければ公平ではありませんよね」

「それじゃあ、定番の『好きな人』とかもダメ？　恋愛的な好きじゃなくても、友達を連れてくるのでもいいし……」

「友達もいない人だったらどうするんですか」

「う、うーん……チェンジできるんだし、そんなに気にしなくても……」

とは言うものの、中学生の私がそれを引いていたら悲しい気持ちになってしまうかもしれない。一年生のときは好きな人も友達もいなかったし……。

「単純に珍しいものでもいいのでは？　『漢検一級を持っている人』とか」

「あ、そういう資格系はアリかもね。でも、盛り上がり的にはもっとこう、パーソナルなお題というか……」

「……伊理戸さんは、どうしても恋愛系のお題を入れたいんですか？」

明日葉院さんはジトッと半眼になって私を見る。

私は思わず愛想笑いを浮かべて、

「ど、どうしてもってわけじゃないけど……やっぱりウケがいいから、そういうのって」

「……わたしにはわかりません」

拗《す》ねたような調子で、明日葉院さんは呟いた。

「好きとか嫌いとか、彼氏とか彼女とか、そういうのって、そんなに面白いものですか？」

「……んー、まあ、それは人によると思うけど……」

明日葉院さんは過去に名前をからかわれた経験から、恋愛ごとに苦手意識があるらしい。

そういう人がいるのはよくわかるし、私だって水斗《みずと》と出会っていなかったら似たようなものだったかもしれない。

「それじゃあ、明日葉院さんは、どういうことを面白いと思うの？」

「え？　……そうですね……」

明日葉院さんは形のいい唇にそっと指を当てて、しばし考え込んだ。

「……わたしより身体《からだ》の大きい男子たちが、成績の順位表でわたしより下にいるのを見るときは、最高に面白いと思っているかもしれません」

「そ……そうなんだ……」

薄《う》っすらとどこか暗い笑みを湛《たた》える明日葉院さんに、わたしは表情を引き攣《つ》らせた。この子、何だか闇深そうじゃない？

「あなたも今のうちに覚悟しておくことです。わたしはすでに、中間テストに向けて準備を始めていますからね」

「え？　もう？　早いなー……」

中間テストは一〇月の下旬――体育祭の後に予定されている。

私も意識してはいるけど、生徒会の仕事に慣れるので精一杯で、まだ手を付けられていない。

……しかも今回は、テストのさらに後に、もっと重要なイベントがあるから……。

なんて話をしていると、生徒会室の扉が開いた。

「ただいま。進んでるかい？」

「あ、お疲れ様です、会長」

「おっ、お疲れ様ですっ！」

入ってきたのは紅《くれない》会長だ。後ろには羽場《はば》先輩を伴っている。

羽場先輩が無言で自分の席に戻ってパソコンを開く一方、会長は私たちが考えたお題の

メモを覗《のぞ》き込んで、

「苦戦してそうだね」

「はい……。難しくしつつ、公平なお題にしたいんですけど」

「なるほどね。公平なお題か……」

むん、と会長は軽く顎に手を当てて、

「ジョー、何かいい案はないかな？」

呼ばれた羽場先輩は、キーボードからいったん手を離した。

「……借り物が通るかどうかは、審判の匙《さじ》加減《かげん》です。なので、あえて曖昧なお題にしてしまうのも手です」

「ふむ。お題に解釈の余地があれば、クリア不可能になることは確かに少ないね。代わりに審判の判断で弾《はじ》かれるリスクは生じるから、難易度的にもいい具合になるだろう。例えば『○○っぽい人』とか」

「当然ですが、悪口にならないようにする配慮は必要です」

おお、なるほど……。そういう難しさもありなのか。走者の個性も出て、いい感じに盛り上がるかも。

「とすると……よし、ぼくから一つアイデアを出そう」

そう言うと、紅先輩はお題用の紙にペンでさらさらと何かを書くと、綺麗《きれい》に折り畳んで用意してあったお題箱の中に入れた。

「何を書いたんですか？」

「引いてみてのお楽しみさ」

そう言って、会長はウインクした。言うことはカッコいいし、見た目は可愛《かわい》いし、ホントずるいなあこの人。

「はううあ……！」

明日葉院さんが顔を赤くして胸を押さえていた。恋愛アンチではあるけれど、ときめきという感情は持っているらしい。

紅会長は会長席に腰掛けながら、

「二人とも、ネタ出しはいったんいいから、愛沙《あいさ》のほうに行ってあげてくれないかな。これから応援団との打ち合わせでね。一人じゃ手が足りないかもしれないから」

言いながら、会長はちらっと羽場先輩のほうを見た。

おや？　と思ったところで、会長はさらに私のほうにも目配せを送ってくる。一瞬ではあれ、どこか訴えるようなそれに、ああそういうことか、と私は察した。

羽場先輩と二人きりになりたいらしい。

「え？　でも、途中で仕事をやめるのは――」

「明日葉院さん」

仕方ないなあ、と思いながら、私は立ち上がる。

「お題を考えるのは、別にここでなくてもできるでしょ。猶予はまだあるし、今は亜霜《あそう》先輩を助けに行きましょ」

「……そう、ですね」

躊躇《ためら》いがちに立ち上がった明日葉院さんを生徒会室から連れ出していく。その間、彼女が後ろ髪を引かれるように振り返っていたのは、作りかけの借り物お題ではなく、紅会長の顔だった。

廊下に出て扉を閉めてから、私は明日葉院さんに言う。

「……もっと、会長と一緒にいたかった？」

「えっ⁉」

明日葉院さんは小さな肩をびくっと跳ねさせて、それからそっぽを向きながら唇を尖《とが》らせた。

「そ……そんなわけないでしょう。子供じゃあるまいし……」

ここで私が思い返したのは、文化祭中、空き教室での紅会長と羽場先輩のやり取りだった。

これからこの生徒会室で、会長はどういうことをするのか――もし明日葉院さんが知ったら卒倒しちゃいそう。

そう思うと、明日葉院さんの無邪気な憧れがどうしようもなく儚《はかな》く、そして愛《いと》しいものに感じられて、私は自然と彼女の頭に手を伸ばしていた。

「よしよし」

「馬鹿にしてるんですかっ⁉」

怒られた。

でも、彼女を猫可愛がりする亜霜先輩の気持ちが、少しだけわかった。

伊理戸結女◆乳のデカさが友情を作る

会長の指示通り、体育祭の応援団との打ち合わせ場所に向かった私は、そこで意外な人物と遭遇した。

「結ー女ちゃんっ！」

「わっ⁉ 暁《あかつき》月さん⁉」

打ち合わせ場所である会議室に入った途端、小さな身体が飛びついてきた。見慣れたその顔に、私はぱちくりと瞬《まばた》きする。

「なんでここにいるの……？」

「んー？ なんでって、応援団だからだよ？ ……はぁ～、結女ちゃんの匂いだあ。くんかくんか」

「気持ち悪いー！」

私の首筋に鼻を埋《うず》めてきた暁月さんを、私は無理やり引き剥がす。

暁月さんは「あーん！　もっとー！」なんて悲鳴をあげたけど、まあこんなのはいつものおふざけの範疇《はんちゅう》だ。

暁月さんはわざとらしく頬《ほお》を膨らませて、

「少しくらいいいじゃんかさあ！　放課後に会うのは久しぶりなんだからっ！」

「まさか、それで応援団に……？」

「おっと。惚《ほ》れるなよー、あたしの愛情深さに！」

「大丈夫。ちょっと引いてるだけ」

「ひどい！」

生徒会に入って以降、確かに暁月さんとは放課後に遊ぶことが少なくなっていた。いつものグループの他のメンバー――奈須華《なすか》さんと麻希《まき》さんも部活に入っているから、暁月さんが手持ち無沙汰になってしまいがちなことには、少なからず心苦しく思っていたんだけど……まさか追いかけてくるとは。暁月さんを舐《な》めていた。

まあ、ふざけて言っているだけで、たまたま誘われたのを暇だから受けたってところなんだろうけど。前からちょくちょく運動部の助《すけ》っ人《と》はしてたみたいだし。

「……あの」

後ろにいた明日葉院さんに、制服の裾をくいくいと引かれた。

「ご友人ですか？」

「あ、ごめんね明日葉院さん。同じクラスの南《みなみ》暁月さんよ。ちょっとスキンシップが激しいけど、悪い子じゃないから」

半身を私の背後に隠す明日葉院さんの姿は、何だか東頭《ひがしら》さんを彷彿《ほうふつ》とさせた。

東頭さんも暁月さんと初対面のとき、水斗の背中に隠れてたなあ……。

明日葉院さんは初対面の人に物《もの》怖《お》じするタイプだとは思ってなかったけど、何か本能的に恐れるものがあるのだろうか。

「おん？」

見慣れない顔があることに、暁月さんのほうも気付く。彼女は珍しく同じくらいの高さにある明日葉院さんの顔を覗き込んで、

「この子が前に言ってた、生徒会の子？」

「そう。私たちと同じ一年で、明日葉院ら――」

「明日葉院です」

私の紹介に割り込んで、明日葉院さん自身が言った。……そういえば、自分のフルネームが嫌いなんだっけ。

ぶっきらぼうな自己紹介にも、そこはさすがの暁月さん、にこーっと人懐っこい笑顔を浮かべて、明日葉院さんにずずいと迫った。

「よろしくー！　背丈おんなじくらいだね！　なんか安心するよー！　チビ友だっ、チビと——も……？」

暁月さんの目が、磁石のようにつついーっと、明日葉院さんの顔から下のほうに、吸い寄せられていく。

そこには、大きく盛り上がった制服があった。

ブラウスとブレザー、二重の防壁をもってしてもなおはっきりわかる山脈と、その稜線《りょうせん》を川のように流れるネクタイとがあった。

あっ、しまった。

私が失策を悟ったときには、すでに暁月さんの目から光が消えていた。

「…………なんだこのチチは…………!!」

奈落から沸き起こるような怨嗟《えんさ》の声と共に、暁月さんの両手がむんずと明日葉院さんの山脈を摑《つか》む。

「……ひぇっ？　ふぇ？」

何が起こったかわからないでいる明日葉院さんをよそに、暁月さんはむにむにと二つの肉をお餅のように捏《こ》ね始めた。

「本物……！　本物だ……！　この背丈でなんでこんなにっ……！　神はどうして斯様《かよう》に人を創りたもうた……!!」

「ちょっ……！　ちょっ、あなたっ！　きゅっ、急に何をするんですかっ！」

「不平等だーっ！　神様は不平等だーっ！」

「ひゃっ、ぅんっ……！」

「どうどう。暁月さん、どうどうどう」

　暴れ馬を鎮めるように言いながら、私は暁月さんを羽交い締めにして明日葉院さんから引き剝がす。明日葉院さんは顔を真っ赤にしながら胸を押さえ、

「なっ、なんなんですかもうっ！　しょっ、初対面で胸を捏ね回すなんて、何のつもりなんですかっ!?」

「如何《いか》にこの世が不出来であるかを確認していたのだ！　神の設計図の誤謬《ごびゅう》が、よもやこれほどまでに大きいものだとは！」

「えーと、翻訳すると、背丈は同じくらいなのにスタイルが良くて羨ましい、だそうです」

　明日葉院さんはぐっと唇を引き結んで、両手で押さえた自分の胸を見下ろした。

「……こんなの、いいものじゃありませんよ。肩は凝るし、走ると痛いし、足元は見えにくいし、男子にはじろじろ見られるし……むしろ、あなたみたいなスタイルのほうが羨ましいです」

「へえ〜。殺すぞ？」

暁月さんはにこやかに言った。翻訳しようと思ったけど、どう訳しても言葉通りの意味にしかならなかった。

「——ぷはっ！　あっはっは！」

どうやって取りなそうか考えていると、師匠——亜霜先輩がお腹《なか》を抱えて笑いながらやってくる。

「ゆめち、その子おもろいねー！　巨乳に対する殺意がまっすぐで！」

「す、すみません、先輩……。打ち合わせ前に騒いじゃって……」

「いいよいいよ。予定まではちょっと時間あるし。それに、あたしも揉《も》んだし。初めて会ったとき」

明日葉院さんが今度は亜霜先輩に警戒の目を向けて、さらに一歩下がった。初対面で人の胸揉む人多すぎるんだけど、私の周り。

亜霜先輩は、私が羽交い締めにしている暁月さんに、少し中腰になって目線を合わせ、

「あたし、二年の亜霜愛沙。生徒会副会長！　よろしくね、えーっと……南さんだっけ？」

「南暁月です！　よろしくお願いしま——」

暁月さんの目が再び下に滑る。

亜霜先輩と暁月さんの身長差は20センチほどもある。だから中腰になるのはわかるんだ

けど……結果、明日葉院さんほどではないにしろ結構大きい亜霜先輩の胸が強調されてしまっていた。マズい！　暁月さんの嫉妬の獣がまた！

暁月さんは数秒、目を細めて亜霜先輩の膨らみを観察して、

「――よろしくお願いします、先輩っ！」

何事もなかったかのように言い直した。

にこやかに。一切の敵意を見せることなく。

今度は亜霜先輩の笑顔が固まった。

「……あれあれ？　南さん？　なーんであたしの乳には嫉妬しないのかなー？」

「え？　言っていいんですか？」

きょとんと首を傾《かし》げる暁月さん。何の話だろう？　明日葉院さんと顔を見合わせようとすると、彼女も彼女で呆《あき》れたように溜《た》め息《いき》をついていた。あれ？　わかってないの私だけ？

「…………ちょっと集合」

亜霜先輩は私の手から半ば強引に暁月さんを引っ張っていって、外の廊下で何やらひそひそと秘密話をし始めた。

それも一〇秒ほどであっさりと終わり、二人は肩を組みながら帰ってきた。

「ゆめち！　あっきーは話のわかる子だね！」

「結女ちゃん！　いい先輩ができたね！」

わっはっは、とあまりにも胡散臭《うさんくさ》い笑い声を重ねる二人。

友達と先輩が仲良くなった……いいことのはずなのに、どうしてだか不気味なものを感じざるを得ない私だった。

伊理戸結女◆生徒会長の名誉を守れ

「あれ？　誰もいないんだ」

応援団との打ち合わせを終え、明日葉院さん、亜霜先輩と一緒に生徒会室に戻ってくると、中には誰もいなかった。

明日葉院さんは少ししゅんとした顔で室内を見回し、

「おかしいですね。会長と羽場先輩がいたはずなんですけど……」

「何か用ができたんじゃない？」

言いながら、私は会議机のほうに行く。と、羽場先輩の席に置かれたノートＰＣが開きっぱなしだった。覗《のぞ》いてみると、エクセルのセルの中でカーソルが点滅している。こんなやりかけの状態でどこに行ったんだろ？

「あ！　借り物競走のお題考えてるのー？」

亜霜先輩が机の上のお題箱を見て言う。

「苦戦してそうだねえ。もしアレだったら、去年までのお題を参考にしてもいいよ。何だったらいくらか流用してもいいし」

「あるんですか？」

「あると思うけど。隣の資料室だったかなー」

「ちょっと探してみますね」

私は、星辺《ほしべ》先輩がよく昼寝場所にしている資料室に向かう。

出入り口のドアとは別の、もう一つのドアに手を掛けて、

『――……れて、ください。みん……、かえ……き……』

『――……かにしてれ……バレな……さ』

ん？　話し声が聞こえた気が……まあいっか。

私はドアを開いた。

薄暗い資料室の中で、紅会長が羽場先輩を押し倒していた。

「あ」

二人が振り返る。

「「あ」」

しばし、時が止まる。

止まった時の中で、私は紅会長のブラウスのボタンが外され、セクシーな黒いブラジャ

ーまで覗いていること、一方で羽場先輩のほうは、ほとんどのボタンが強固にぴっちりと留められていることなどを認識し、大体状況を理解した。

理解した上で、私はゆっくりとドアを閉じた。

「ちょっ——」

助けを求めるような羽場先輩の目が、ぱたっ、とドアに遮られる。

……紅会長、本当に大胆だな。

あの大胆さを一年もはねつけている羽場先輩、本当に難攻不落だな。

亜霜先輩からだけではなく、紅会長からもあの大胆さを習うべきだろうか。いやでも、一年まごついてるんだもんなあ……。生徒会の男性陣、守りが固すぎる。

ひとまずここは、紅会長を応援する意味も込めてそっとしておこう。私は資料室に続くドアから静かに離れた。まあ資料室に入る用事なんてそんなにないし、ひとしきりの攻防をする余裕くらいは、きっとあるだろう——

「あっ！」

カチャンっ！　と何かが倒れる音がした。

見ると、羽場先輩のノーパソの横にあったマグカップが横倒しになっていた。

そしてそのそばには、白いブラウスの胸元を、黒い液体で汚した明日葉院さんが。

「すっ、すみませんっ！　中身が残ってるとは思わなくて……！」

「ランラン大丈夫⁉　熱くなかった⁉」

「はい……。もう冷めてたみたいです」

「そっか。よかったー」

安堵《あんど》の息をつく亜霜先輩。羽場先輩の飲み残しかな。明日葉院さんのあの大きい胸だと、目測を誤ることもきっと多いだろう。ドアとかにぶつけそう。

そんな風に傍観者となっていた私は、次の瞬間、一気に当事者へと変化した。

「あー、これいったん脱いで洗わないと。ランラン、着替え持ってる？」

「体育があったので、一応……。隣で着替えてきます」

「行っといでー」

明日葉院さんが体操着を入れた袋を手に取った。隣で着替えるために。

隣。……隣？

資料室のこと？

「ちょっ——っと！　ストップ‼」

「⁉」

私が慌てて資料室への扉の前に立ち塞がり、明日葉院さんは驚いて足を止めた。

「なっ、なんですか？　どいてください、伊理戸さん」

「し……資料室は、ダメ」

「はい？　どうしてですか？」

「えーっと……ほ、ほら、埃《ほこり》がね？　そう！　埃がいっぱいで汚いから！　髪とか身体《からだ》が汚れちゃうかも！」

「そんなのいつものことではないですか……」

ジトッとした目で私を睨《にら》む明日葉院さん。あーもう、これ以上なんて言えばー……。

「急にどしたん、ゆめち？」

……あ、そうだ！　亜霜先輩なら！

「…………!!」

「え、何？　その目力……。ん？　ノーパソ？　と、資料室――」

私の必死の目配せが功を奏した。亜霜先輩は「あっ」と軽く口を開けると、続いて表情に焦りの色を帯びさせていった。さすが師匠！　察しがいい！

「あー……ランラン。ゆめちの言う通りだよ。資料室で着替えるのは衛生的に良くない！」

「え？　そうですか？」

「そうそう！　幸いここには女子しかいないし、ここでパパッと着替えちゃいな！　ね！」

2対1ともなれば、それなりに説得力が生まれるものらしく、明日葉院さんは困惑しながらも「わかりました……」とブレザーのボタンに指をかけた。

明日葉院さんの意識が自分の服に向いた隙に、亜霜先輩がすすっと私に寄ってくる。

「（……どんな感じだった？　中……）」

「（……会長が攻め寄せている真っ最中でした……）」

「（わーお。自分の家でやれよ、あの天才色情魔め……）」

　まったくもって。剛毅《ごうき》果断すぎるのも困りものだ。

「（上手《うま》く隠れてるかもしんないけど、ジョー君がいるところで着替えさせるわけにはいかないよね……）」

「（はい。明日葉院さんの意識が資料室に向かないようにしないと……）」

　会長のあんなところ、もし彼女が目撃したら泡を吹いて倒れてしまう。

「（よっし！　師匠に任せておきな！）」

　亜霜先輩は頼もしく親指を立てると、ぷちぷちとブラウスのボタンを外している明日葉院さんに弾んだ足取りで近寄る。

「ランランってさー、化粧っ気がない割には可愛《かわい》いブラ着けてるよねー」

「……これはお母さんが買ってきたんです。着けないともったいないじゃないですか」

「あ、まさかあたしを誘惑してる⁉　ごめん！　女の子には人並みにしか興味ないの！」

「話聞いてますか⁉　というかあるんじゃないですか！　興味！」

　よしよし。亜霜先輩が茶々を入れているうちは、明日葉院さんも資料室のことは忘れるだろうし、手早く着替えを終えようとするに違いない。あとは、汚れたブラウスを洗うために明日葉院さんが外に出れば、その隙に会長たちを資料室から脱出させて――

ガチャッ。

扉が開いた。

資料室ではなく、廊下に続くほうの。

「よーお。やってるか、お前らー」

星辺先輩の声！

「ひゃっ――」

明日葉院さんが驚いた声を上げると同時、亜霜先輩がものすごいスピードで出入り口に駆けていった。

そして、その勢いが嘘《うそ》のような猫撫《ねこな》で声《ごえ》で言うのだ。

「センパ～イ！　待ってましたあ♪」

「あ？　亜霜、何か用だったか？」

「用がないと会っちゃいけないんですかぁ？　どうせ暇でしょ、センパイ？　愛沙と学校デートしましょっ！　学校デート！」

「はあ～？　お前、仕事はどうし――」

「い・い・か・らっ！」

バタン。

扉が閉まる。

星辺先輩の文句の声と、亜霜先輩のあざとい猫撫で声が、どんどん遠くに消えていく。

咄嗟《とっさ》にあれができるとは、さすがは師匠。……だけど、星辺先輩には、普通に明日葉院さんが着替えてるって伝えたら良かったんじゃ？

「……落ち着きのない人たちですね……」

半裸の明日葉院さんが呟《つぶや》く。

本当にね。

……ちなみに、明日葉院さんの大きな果実を支えるブラは、細かな刺繍《ししゅう》が施された、本当に可愛らしいものだった。

伊理戸水斗◆体育祭は適当に玉入れだけ出て流そうの会

『選手宣誓！　我々、選手一同は――』

過ごしやすい気温になった一〇月中旬。気持ちのいい秋空の下で、ついに我が校の体育祭が始まった。全校生徒が共に汗を流し、絆《きずな》を固くするスポーツの祭典。正々堂々たるスポーツマンシップとチームワークを育む青春のイベント――

――らしいが、開会式を終えて僕が足を運んだのは、校庭の隣にあるテニスコートの隅だった。

「あ、水斗君来ましたー」

「よお、伊理戸ー」

高く張られたネットのそばに設置されたベンチ。そこにぐでっとリラックスした様子で、東頭いさなと川波《かわなみ》小暮《こぐれ》が座っている。僕は二人に近寄りながら、

「早いな君ら。人混みに紛れて移動するのに結構手間取ったんだが」

「トイレ行くフリで余裕」

「存在感ないので余裕です」

いさなが川波との間に空けたスペースをぺしぺしと叩《たた》いたので、僕は真ん中に腰を下ろした。決して座り心地のいいものではないが、地面に直接お尻をつけるのに比べれば何倍も快適だ。

『第一競技、１００ｍ走に出場する選手は――』

放送部のアナウンスが遠く聞こえてくる。今頃、校庭に並べられた椅子の中で、クラスメイトたちが慌ただしく動いている頃だろうが、ここにはその喧騒《けんそう》さえ届かない。まるで別世界のことのようだ。

「いいだろー、ここ？　体育祭じゃコートは使わねーからな。教師に見つかることもねーし、穴場なんだぜ」

「今日だけは褒めてあげましょう、チャラ男さん。よくぞこのわたしに、水斗君との逢引《あいび》き場所を提供してくれましたね」

「うるせーな呼んでねーんだよてめーは！　伊理戸が体育祭ダルそうだったから教えただけでよ！」

「はいはい、ツンデレツンデレ」

「うっっっぜ！」

　こなれてきた感のある二人のやりとりを聞き流しながら、僕はジャージのポケットから黒いカバーを着けた文庫本を取り出す。

「水斗君は何の競技に出るんですか？」

　いさなが川波を煽《あお》るようにずりっと僕に身を寄せ、肩を触れさせてくる。僕はページをめくりながら、

「玉入れ」

「だけですか？」

「だけ」

「わたしは綱引きだけですー！」

「なんで嬉《うれ》しそうなんだよ、このぷよぷよが」

　川波が呆《あき》れた風に言った。

「そんなぷよぷよの腕で綱なんか持てんのか？　その脂肪、四つ並べて消してから自信持てよ」

「仕方ないじゃないですか！　選択肢がないんですよ、わたしの場合！」

「はあ？　なんで？」

「あなたにはわかんないですよ。……水斗君はわかりますよね？」

にやっと笑いながら、いさなはさらに身を寄せた。ジャージを大きく持ち上げる胸が、僕の肘の辺りに触れそうになって、僕は仕方なく少し避《よ》けた。

「（だって、知ってますもんねー？　腕なんかよりずっとぷよぷよなのを、水斗君だけは知ってますもんねー？）」

「おい聞こえてんぞてめー！　いっちょ前に伊理戸を誘惑してんじゃねーよボケ！」

川波、君がいると突っ込む手間が減って助かるよ。

まあ実際のところ、走ったり飛び跳ねたりするのは胸が揺れて痛いから嫌、という話なのだろう——女子的には重要な問題だ。

「チャラ男さんは何に出るんでしたっけ？　水斗君の相手はわたしがしておきますから、遠慮なく行ってきていいですよ」

「決めた。今日はサボる。てめーを監視するためにな……！」

「どうせ南さんに捕まるんだからやめておけ。僕らまでついでに見つかる」

「そうですよ。いくらチャラくてもサボったらダメですよ」

「お前が言えたことか！」

今年の体育祭は平和に終われそうだ。両脇の二人がもう少し大人しくしてくれたらだが。

伊理戸結女◆進んだ理解

「おーっす。結女ちゃん、いま時間あるー？」

午前の部のプログラムが進んでいく中、運営のテントで忙《せわ》しなく動き回っていた私のところに、暁月さんがやってきた。

暁月さんは私と仲がいいのもあり、応援団と生徒会の連絡役を請け負ってくれている。

「あ。うん。大丈夫。何？」

「実はね、学ラン持ってくるの忘れちゃった子がいてさー、予備ってどっかにないかな？」

「あー、大丈夫大丈夫。そういうことがあると思って余分に用意してあるから。えーっと、たぶん被服室の段ボールの中かな」

「ありがとー！」

用が済んだところで、ついでに訊《き》いておこう。

「クラスの様子はどんな感じ？」

「んー？　まあ普通かな。盛り上がってる人は盛り上がってるし、盛り上がってない人は盛り上がってないし。体育祭ってそういうもんだよね」

「そうね……」

　私も生徒会じゃなかったら盛り上がってない側だっただろうし。

「それじゃあ水斗も？」

「それがさあ、いないんだよね。川波ともども！　東頭さんのほうかなーって見に行ってみたんだけど、そっちもいなくて！　たぶんどっかでサボってるよ、あの三人」

　水斗と川波くんと東頭さんが……？　そういえば最近、その三人でつるんでいるのをたまに見る気がする。川波くんと東頭さん、あんなに仲が悪かったのに、わからないものだ。

「んー……」

　私は少し考えて、

「まあ、いいんじゃない？　やることがなくて退屈するよりは、そっちのほうが」

　その気がない人を、無理に人の輪に入れるべきじゃない。水斗たちには水斗たちの、イベントの過ごし方がある。それを一方的に否定できるほど、私たちは偉くはないのだ。

　うーん、と暁月さんは難しげな顔で首を傾《かし》げ、

「生徒会様が言うなら泳がせておきますかー」

「やめてよそれー」

「あは！　もし競技に顔出してなかったら言ってね！　すぐ見つけてくるから！」

暁月さんなら本当にすぐ見つけてきそうだ。もうすでに一個競技に出ているはずなのに、全然疲れた様子がないし。障害物競走、源義経みたいだったなあ……。

「伊理戸さん！　ちょっとこっちに——あ」

明日葉院さんが小走りに来て、暁月さんの顔を見た途端、動きを止めた。

暁月さんのほうはと言うと、明日葉院さんの顔には見向きもせずに、パンパンに張ったジャージの胸元をじろじろと見つめて、

「……なぁんだ。今日はスポブラか」

「なっ、なんでわかるんですかっ！」

「いや、体育祭なんだから当たり前でしょ……」

顔を赤くして身を引いた明日葉院さんに言いつつ、私は軽く暁月さんをチョップした。

伊理戸水斗◆成長が止まらない女友達

「んじゃ、行ってくるわー」

自分の出番が来た川波がダルそうに去っていき、テニスコートの隅には僕といさなだけが残された。

僕は引き続き本を読み、いさなはスマホで何かゲームをしていたが、たまに思い出したかのように口を開く。

「水斗君、水斗君」

「なんだ？」

「最近のゲームって、審査を通すために女の子の露出度を下げることがあるんですけど」

「ああ」

「そのときに、ストッキングを穿《は》かせたりするんですよ。どう思います？」

「……いや、どういうコメントを求められてるんだよ、僕は」

「いや、エロくなってませんか？　逆に」

「同意すればいいのか？　言っておくが僕は同意できないぞ、その話には」

「えっ⁉　素足のほうがエロいと思ってるんですか⁉　わたしがいつも靴下を脱ぐのを見て、実は密《ひそ》かに興奮してたんですか⁉」

「話をややこしくするな。……僕の周りには一人、ストッキングだかタイツだかを愛用している奴《やつ》がいるんだよ。だから、それを性的に見てるなんてことは、口が裂けても言えないって話だ」

「えー？　あー……そういえば、会った頃の結女さんはタイツでしたね」

「生足を出すのに抵抗があるらしい。さすがに夏場は脱いでるみたいだが」

「じゃあ最近は復活してるってことじゃないですか！　少し会ってないうちに……うへへ」

「内なるエロ親父を出すなキショいな」

「別にいいじゃないですか、結女さんの脚を性的に見たって。好きっていうのはそういうことでしょう？」

「違うだろ」

「見たことないんですか？　結女さんを、エロい目で」

「……それとこれとは、切り分けておきたいんだよ」

「複雑な男心ですねえ。わたしは余裕でごちゃごちゃですけど」

「君ほど本能を肯定できないんだよ、僕は」

「それじゃあ、わたしがストッキングを穿いてきたら、素直にエロい目で見れるんじゃないですか？」

「素直にそういう目で見始めたら終わりだろ、僕ら」

「んー……明け透けになったほうが健全だと思いますけどね、わたしはー」

「というか、タイツとストッキングって違うのか？」

「違いますよ？　デニールが」

「デニール？」

「ざっくり言うと糸の太さですね。太いほうがタイツです」

「ふうん……タイツのほうが色が濃いってことか」

「どっちが好きですか？　わたしはストッキングです！」

「……どっちかといえば、タイツかな」

「へえー？　へえええ〜？」

「ニヤニヤすんな。他意はないよ」

「何にも言ってませんけどー？」

などという雑談が、体育祭の実況や喧騒《けんそう》に紛れて流れていく。

そうしているうちに競技が一つ終わったらしく、競技出場者召集のアナウンスがあった。

『綱引き・女子の部に出場する生徒は――』

聞いて、僕は肘でいさなの二の腕を軽く小突いた。

「おい。綱引き出るって言ってただろ」

「え？　……あ！　そうでした！」

やっぱり忘れてたな。危ないところだった。

「はあ〜、めんどくさいですねえ。まあ、さっさと終わらせてきますか〜」

言って、いさなは胸を張るようにして、丸めていた背中をぐーっと伸ばし――

――バツッ！

何か、千切れるような音がした。

いさなが、伸びをした姿勢のまま凍りつく。

「……おい、どうした？　なんか変な音したけど」

「いえ……あの……その……」

いさなはどこか焦った表情で、ゆっくりと胸の真ん中辺りに手を当てて、少しずつ顔を青くしていった。

「……壊れました……」

「は？　何が？」

「……ブラの、ホック……」

んえ？

ホック……？　ホックって、あれか？　留めるやつか？

「……壊れたって、今？」

「今です……。胸を張った拍子に、前のが……」

両胸に手を当てているのは、ずり落ちそうになるカップを押さえているのか。

「君……普通の着けてたのか……？　よくわからないけど、運動用のがあるんじゃないのか？　そういうのって……」

「く、癖でいつもの着けちゃって、スポブラ探すのめんどくさいしこれでいいや～ってなっちゃったんですよ！　つ、綱引きだけなら大丈夫かなって……！」

なんて詰めが甘い奴だ。それに間の悪い奴だ。このタイミングで壊れるとは。

いさなは背中を丸めながら悔しそうに目を瞑《つぶ》り、

「もお～っ……！　最近大丈夫だったから油断してましたぁ～……！」

「そもそも、壊れるもんなんだな……」

「中学の頃はしょっちゅうでしたよ。サイズがすぐに変わっちゃってたんで……」

あ～……なるほどな……。

え？　ってことは……もしかして、サイズが変わったってことか？　また？

「高校入ってからは大丈夫だったのに～……！　水斗君のせいですよ！」

「は？　なんでだ」

「水斗君がわたしの女性ホルモンを刺激しすぎたんですよ！　この前揉《も》まれましたし！」

「揉んではいないけど……もしかして、その……本当に、サイズが変わったのか？」

「…………」

いさなは黙り込み、両手で押さえた自分の胸元を見下ろした。

「……ちょっとキツいなーとは、なんとなく思ってました……」

「そう、か……。まあ、うん、まだ高一だし、そういうこともあるか……」

「水斗君が」

訴えるような目で僕を見上げて、いさなは言う。

「水斗君が……わたしを、エッチにしたんですよ？」

「…………」

エッチ。H。エイチ。ABCDEFGH。

「……発音はちゃんとしろ」

「えへへ。ダブルミーニングです」

はにかんで、いさなは押さえた胸を確かめるように自分で揉み、

「まあ、段階調節できるやつを着けたら、まだGでもいけないことはなさそうですけど……お母さんに言って、新しいやつを買ってもらったほうが無難ですかね」

「……僕に訊《き》くな」

「どんなのがいいと思います？」

「だから僕に訊くな」

遊んでるだろ。本当にその点に関してだけは自信満々だな。

僕は目を逸《そ》らしながら、

「とにかく何とかしろよ、それ。集合に遅れるぞ」

「んー、仕方ないです……。直す時間もありませんし、とりあえず――んしょっ」

ジャージの中でもぞもぞとやったかと思うと、いさなは襟ぐりに手を突っ込んで――ずるり、と薄いピンク色のブラジャーを引っ張り出した。

「おい⁉」

「これ、持っておいてくれますか？」

そして、それをポンと僕の膝の上に置いた。人肌の温《ぬく》もりが残ったそれを、僕は唖然《あぜん》として見下ろす。

「い、いや待て、さすがに……！」

「言っておきますけど、わたしだって普通に恥ずかしいですからね！」

少し頬《ほお》を赤くしながら、いさなは睨《にら》むように僕を見つめた。

「でも、綱引きの最中に落としたりするよりはずっとずっとマシです……！　すぐに帰ってきますから！　ジャージの中にでも隠しておいてください！　お願いします！」

そう言って、いさなは立ち上がる。

身体《からだ》のラインが出ないジャージの上からだと、まさか下着を着けていないとはとても思えなかった。走ったり飛んだりしない綱引きなら、確かにバレることはないだろう。しかし、事実を知っている僕の目には――

「……行ってきます」

覚悟を込めて告げたいさなに、僕はもう、何も言うことができなかった。

ただ、彼女の背中を見送り――膝の上に残された、手のひらよりもカップがデカい、そしてぬるま湯のように温かいブラジャーを、ひどい後ろめたさに苛《さいな》まれながら、ジャージの下に隠すことしかできなかった。

伊理戸水斗◆小悪魔に付き合えるのは心に余裕があるときだけ

『さあ綱引き・女子の部が開始されます！　仁義なき女の戦いから目を逸らすなー!!』

やけにハイテンションなアナウンスが流れるのを聞きながら、僕は校庭の真ん中を見やっていた。

中点にテープを巻いた綱が地面に三本置かれ、いさなはその二本目の綱を両腕で抱えていた。背の順で並んでいるのか、位置は真ん中から少し後ろの辺り。幸いにもあまり目立たないポジションだ。

僕は、あたかも織田信長の草履のように懐で温めているブラジャーのことを思い返しながら、親友の姿を見守った。

号砲が鳴り、綱がピンと張り詰める。掛け声に合わせて右に左に行ったり来たり。見たところ実力は互角のようだった。

いさなも、やるからにはちゃんとやるらしく、顔を赤くして全力で綱を引いている。若干へっぴり腰に見えるが、まあそこはご愛嬌《あいきょう》だ。

大丈夫そうだな。誰もあいつが今ノーブラだなんて気付くまい。事実を知っている僕ですら違いがわからないくらいだ。

十数秒、押し引きを繰り返した末、綱は相手側に大きく引き寄せられた。いさな側は一気にバランスを崩し、引きずられるようにして前のめりに――

「……あ」

ずざーっと、いさなが派手に前に倒れ込む。それはチーム全体に言えたことだったが、事実を知っている僕だけは、その状況のヤバさに気付いていた。

少し、擦られていた。

潰れた胸が、地面との間で。

……大丈夫か、あれ？

ブラジャーをしていないということは、支えるものがなくて揺れやすくなる、という以前に、胸を守る鎧《よろい》が単純に一枚少なくなる、ということでもあって――

うあー！　とチームメイトが悲嘆の声を上げる中、いさなだけは無言で、ジャージの上から両胸を押さえていた。

ちょっと涙目になっていた。

さすがに可哀想《かわいそう》だったが、準備を怠った自分のせいだからな……。

まあ、慰めに行ってやるか。さっさとコレを返したいし。そう思って、選手が捌《は》けていく方向に足を向けようとしたとき、

「あれ？　水斗？」

聞き慣れた声がした。

一瞬、思考が空白になり、次いで一気に冷や汗が滲《にじ》み出す。

「こんなところにいたんだ。何してるの？」

てくてくと、何も知らずにそいつが寄ってくる。

そいつが――伊理戸結女が。

僕がジャージの下に、いさなのブラジャーを隠し持っているなんて知りもせず、小走りに駆け寄ってくる。

ジャージ姿の結女は、左の二の腕に体育祭運営委員の腕章を着けていた。運営側だから、クラスのところに留《とど》まらずに動き回っているのだ。油断した……！

「お……おお」

走って逃げ去るわけにもいかない。僕は意味もない呻《うめ》き声を発して、返事の代替とする。

結女は軽く首を傾《かし》げて、僕に手を触れられる距離で立ち止まった。二、三歩後ずさりたいのを、僕は勇気を持って我慢する。

「聞いたわよ。クラスのところにいないんですって？　どこでサボってるの？」

「さ……さあな。体制側に教えることなどない」

「体制側って」

ふふっと笑う結女。和やかに談笑してる場合か！　忙しいならどこかに行ってくれ！

「それじゃあレジスタンスさん。体育祭に興味がないなら、こんなところに何の用があるの？」

「べ……べつに、なんとなく歩いていただけで――」

「あ、もしかして――」

くすりと微笑《ほほえ》み、結女は上目遣いで、僕の顔を見上げた。

「――私に、会いに来たんだったりして」

……っづあああああ!!

今は君の小悪魔遊びに構っていられる状態じゃないんだよ！

「違う！　そうじゃない！　まったく会うつもりじゃなかった！」

「えっ」

「と、とにかく、僕は他に用がある！　それじゃあな！」

「ちょっ、待っ――」

強引に会話を打ち切って、僕はその場を逃げ出した。

くそっ、いさな！　この借りは高くつくからな!!

伊理戸結女◆攻めてるときほど守りが弱い

「ゆーめちっ！　ご飯食べよー――って、おうっ⁉」

昼休憩に入り、運営テントにやってきた亜霜先輩が、私の顔を見てセイウチのような声を発した。

私はゆるゆると顔を上げ、

「……どうしました……？」

「こっちの台詞《せりふ》じゃあ！　どうしたゆめち！　レース終わりの競馬場から出てきた人みたいなオーラを出して！」

「べつに……どうってことないです……今更……今更、あのくらいで……あはは……」

亜霜先輩にがくがくと肩を揺さぶられる。大丈夫ですよお……。こんな会う価値のない女に構わないでください……。

「何やら重症だね」

亜霜先輩の後ろから、ひょっこりと紅会長が顔を出した。

「愛沙、キミが星辺先輩に告ったつもりが完全に空振っていたときにそっくりだよ」

「カジュアルに他人のトラウマほじくり返さないでくれないかなあ⁉」

「小悪魔ぶって回りくどいことをするからそうなるんだと、あのときは小気味良く思ったものだ」

「ホント性格悪いなこの天才！」

……小悪魔ぶって……回りくどいことを……。

「……すべて会長の言う通りです……」

「ゆめち!?」

「ツンデレと同じなんだぁ……。リアルでやるとウザいだけなんだぁ……。小悪魔ムーブなんて、調子に乗って何度もやるものじゃなかったんだぁ……」

「いや、ゆめち!?　あたしにぶっ刺さってんだけど！　やめろぉーっ!!　もう後戻りできねえんだこっちはぁーっ!!」

伊理戸結女◆好きな人の自己評価が低すぎると

程なくして私が落ち着きを取り戻すと、とりあえずご飯を食べながら話の続きをしよう、ということになった。

「お腹《なか》が空《す》いてるからだよ！　お腹が空いてるからネガティブになるんだよ、ゆめち！」

「そうですかね……」

「そうだよ！　あたしもお腹が空いてると余計なこと考えたりするし！　ね、すずりん！」

「いや、ぼくは特にそういうことは」

「合わせろや！」

亜霜先輩はごそごそと自分の鞄《かばん》を漁《あさ》って、

「二人ともお弁当ある？　あたしは作ってきたんだけど――って、あ」

言いながら先輩が取り出したのは、ハンカチに包まれたお弁当箱。

ただし、二つ。

大きさからして、明らかに二人分だけど……？

「え……えーっと……」

亜霜先輩は気まずそうな顔をして、私をちらちらと見る。

「ゆ、ゆめち、ごめん……。この流れでちょっと言いづらいんだけど……」

先輩はお弁当箱のうち片方をちょこんと胸の前に持ち上げて、

「……センパイに、お弁当、届けてきてもいい？」

私は呼吸が止まった。

「……上手《うま》くいっているようでなによりデス……」

「目が！　目が死んでる！」

眩《まぶ》しい……。甘酸っぱい青春が眩しい……。おかしいなあ。私のほうが年下のはずなのになあ。なんであっちのほうがピュアピュアしてるんだろうなあ。

紅会長がくつくつと笑った。

「ちょうどいい。愛沙の痛々しいアプローチを見物するついでに、生徒会室に移動しよう。ここは土埃《つちぼこり》が多いしね」

「誰が痛々しいって？　ぼくっ娘《こ》がよぉ！」

会長はスルーしてすたすたと運営テントを出た。私と亜霜先輩もそれを追いかける。

私は会長の隣に並んで、

「会長は……何か、ないんですか？」

「何かって？」

「なんというか、その……羽場先輩とは？」

すると、当校きっての優等生である紅鈴《すず》理《り》生徒会長は、子供のように唇を尖《とが》らせた。

「……逃げられた」

「え？」

「『俺と昼飯なんて食ってたらあなたの評判に傷が付きます』とか言って……ひどいと思わないか!?」

「うわー、ほんと自己評価低いよね、ジョー君って」

亜霜先輩が呆《あき》れた顔で言う。

会長は歩く足を速めながら、

「低いなんてもんじゃないよ。あれは病気だ。自分を下げれば下げるほど、彼を選んでそばに置いているぼくの判断も否定しているってことに気付いてないんだ」

「やきもきはしますよね……。でも、その優秀さを自分だけは知っている、っていうのも、何だかくすぐられるものがありませんか？」

「…………」

拗《す》ねたような顔のまま、紅会長はじろりと横目で私を見た。

「……結女くん。悪魔のようなことを囁《ささや》くね、キミは」

「えっ⁉　そ、そうですか……？」

「ジョー君のことを独占したーい！　けど、本当はすごいんだって自慢もしたーい！　普通に欲の塊だよね、すずりんって」

「うるさいな」

紅会長はふいっと目を逸《そ》らすと、髪を掻《か》き上げるフリをして、自分の耳を隠した。

「少し人より頭が回るだけで……普通の女だよ、ぼくは」

「それをジョー君に教えてもらったってわけだ？」

「本当にうるさいな！」

「あ痛《い》たっ！」

会長は思いっきり亜霜先輩の足を踏んづけた。

天才らしからぬ単純な暴力に、私はくすりと笑みをこぼした。

伊理戸結女◆敏感なところを激しくやった後

「センパイっ♪　お弁当届けに来ましたー！」

「おう、ご苦労」

「本当に後輩使いの荒いセンパイですねえ。朝早く起きて作るの、大変だったんですからね？」

「お前が作ると言い出したんだろうが。……ま、実際助かるぜ。お前の料理は美味《うま》いからな」

「そりゃあセンパイに比べれば――」

「毎日でもいいくらいだ」

「――ふぐっ！」

「ああ、いや、それだとお前のウザ絡みに毎日付き合わねえといけなくなるな……。やっぱときどきでいいか」

「あうっ……んぐーっ……！　あ、あとでお弁当箱回収しに来ます！　それではっ！」

顔を赤らめた亜霜先輩が、星辺先輩のクラスのエリアから退散してくる。

遠目に見物していた私は、同じく見物していた紅会長に言った。

「あの攻め方でなんで鬱陶しがられないんでしょう……？」

「それはもちろん、相手があの星辺先輩だからだね」

「ですよね……」

天然でやり返してたし。あのマイペースさがあればこそ、亜霜先輩の勢いに呑《の》まれずに済んでいるんだろう。

傍目《はため》に見てて思うけど、勘違いするか距離取られるかの二択だもんなあ、あの攻め方……。星辺先輩のクラスの、特に女子の人、見下げ果てたような目で亜霜先輩を見てたし。案の定同性に嫌われるタイプ……。

私たちのもとに戻ってきた亜霜先輩は、まだ少し朱が差した顔のまま、わずかに引き攣《つ》ったドヤ顔をしてジャージの胸を張る。

「見たかね、ゆめち！　お師匠様の勇姿を！」

「はい。先輩も大変ですね」

「……おやおや？　どうしたのかな弟子よ？　ちょっと上から目線だぞ？」

「『お前の料理は美味い』で反応しなかったのは偉かったと思います」

「品評するなあ！」

ともあれ、亜霜先輩の用も済んだので、私たちは生徒会室に移動だ。

校庭を出て、校舎のほうを目指していく。と――

「おや？」

紅会長が最初に、その二人を見つけた。

私にとって、見慣れた後ろ姿だった。一人は私の義弟にして元カレ、伊理戸水斗。そしてもう一人は、その親友であり、私の友達でもある、東頭いさなだった。東頭さんは、ついさっきの綱引きに出ていたのだろう、ジャージが土で汚れている。

それだけなら、なんてことはない。

あの二人が一緒にいることなんて、もはや本がシュリンクされるのと同じくらい当たり前のことだ。

ただし——一点、妙なことがあった。

東頭さんが、妙にフラフラしていた。

「うう……まだちょっとヒリヒリします……」

「激しくいったからな……。保健室行くか？」

「さ、さすがに恥ずかしいですよぉ……」

東頭さんは、胸を抱えるようにして背中を丸め、脚も妙に内股だった。

そして——たまに、ピクンッ、と身体を跳ねさせるのだ。

「ひうっ」

「どうした？」

「ちょ、ちょっと敏感になってて……その、擦れて……」

「あ……ああ、そうか……」

何、その雰囲気。

気まずいような、でも気遣っているような、その独特の雰囲気、何？

私の感情がすうーっと冷えていく中、亜霜先輩が「ほほう」と訳知り顔をした。

「あれは……やってたね」

紅会長が肯《うなず》く。

「完全に事後だね」

焦りが急速に胸の奥から湧き上がり、私は意味もなくわたわたと手を動かした。

「やっ、でも、まさか、体育祭中に……」

「体育祭の間は校舎から人がいなくなるでしょ？　絶好の環境じゃない？」

「まったく乱れているね。上手《うま》くやったつもりだろうけど、ぼくたちの目は誤魔化《ごまか》せないよ」

「ヒリヒリってねぇ」

「敏感ってねぇ」

「わっ、わかりませんよ！　もしかしたら綱引きで倒れたときに乳首を激しく擦っちゃって敏感になってるだけかもしれないじゃないですか！」

「んなわけないじゃん。ブラジャーしてないってこと？」

「激しく運動をすることがわかりきっている体育祭に、ノーブラで来る女子なんているわけがないだろう」

「うっ……ううーっ……！」

反論が……！　反論ができない……！

どうせあの二人のことなのに……！　どうせ何かの勘違いに決まってるのにいーっ！

「まあまあ、ゆめちにはまだわからないのかもね」

「いずれ結女くんにもわかるようになるさ。男女の些細《ささい》な機微というものが」

「…………キスもしたことないくせに」

「「ああん？」」

危うく喧嘩《けんか》になるところだった。

伊理戸結女◆正論が一番効く

「したことないなんて言ってないじゃん！　確かにセンパイとはまだ……だけど。人生で一回もしたことないとは言ってないじゃん！」

「論理の誤謬《ごびゅう》というやつだよ。恋人がいないからといって、そういう経験がまったくないということにはならないだろう？　生徒会書記として、言葉には重々気を付けてくれたまえ」

「はいはい。すみませんでした」

拗《こじ》らせ先輩たちの無限言い訳編を適当に聞き流していると、ようやく生徒会室に辿《たど》り着いた。

何だか長い道のりだった気がする……。お昼ご飯を食べるだけのことなのに、なんでこんなに疲れなきゃいけないんだろう。

「あ、そういえば、明日葉院さんはいいんですか？」

「んー？　クラスの子と食べてるんじゃない？」

「一応声をかけてみようか」

「でもあの子、この手の話嫌いだからなー……」

確かに、これからしようとしているのはいわゆる恋バナに当たる。恋愛アンチの明日葉院さんは嫌がるかも……。それに、紅会長と羽場先輩の関係がバレないようにしないといけないし。

「まあでも、とりあえず連絡だけしてみても――」

言いながら、亜霜先輩が生徒会室の扉を開けた。

そして私は、会議机で独り、お弁当箱を開けている明日葉院さんを見た。

「あ」

「あ」

明日葉院さんが振り返り、お箸で摑《つか》んでいた玉子焼きを落とす。

生徒会室には電気もついていなかった。窓から射《さ》し込む陽光だけに照らされた、薄暗い部屋の中で、小柄な少女が独りきりで、お弁当を食べていたのだった。

紅会長が室内を覗《のぞ》き込み、明日葉院さんの存在に気付く。

「なんだ、ここにいたのかい。ちょうどよかったね」

えっ？……会長、気付いてないの？　私たち、今、結構気まずい場面に遭遇したんじゃないの？

紅会長がパチリと電気をつけて、生徒会室の中に入っていく。

「ぼくらもちょうどこれからお昼なんだ。一緒にいいかな？」

「は……はい。もちろん……」

明日葉院さんもまた気まずそうに答える中、私は亜霜先輩に肩を寄せて、潜めた声で尋ねた。

「（明日葉院さんって、クラスに友達、いないんですか……？）」

「（ど、どうだろ……？　クラスのことはよく知らないから……）」

男子が嫌いなだけで、女子の友達は普通にいるものだと思ってたけど……。わざわざ電気を消してたってことは、ここに隠れていたようなものだよね……？

もしや、好き勝手やってる結果、クラスで浮いている水斗や東頭さんとはまた違う、シンプルに馴染《なじ》めないタイプのぼっちなのだろうか……？　かつての自分自身のことを思い出して、胸が苦しくなってきた。

とりあえず、私たちも中に入り、いつもの席に腰を下ろす。紅会長だけはいつものお誕生日席ではなく、私の斜め前——明日葉院さんの隣で、亜霜先輩の正面——にお弁当箱を置いた。

「蘭《らん》くんは六組だったかな。どうだい、調子は？」

「そう……ですね。そこそこかと……」

なぜクラスの話題を振る！

自分でも言ってた気がするけど……確かに紅会長、ちょっと人の心がわかってないところがある。せめて羽場先輩がここにいれば！

「あー……それよりさ！」

空気を変えるように、亜霜先輩が明るい声で切り出した。

「なんか相談があるんでしょ？　ゆめち！　そのために集まったんじゃん！」

「あ、あー……そうでしたね」

事実だけど！　正直、今は私に振らないでほしい！

明日葉院さんが平然とした顔で私を見て、

「わたしのことならお気になさらず。聞いていないことにしますので」

う、ううっ……悲しい……。自分以外の人だけが盛り上がってる状況に慣れ切った人間の台詞《せりふ》だ……。

「いや！　……せっかくだから、明日葉院さんにも聞いてほしい、かな」

「……はあ。わたしでお役に立てるかわかりませんが……」

私はハブらない……！　せっかく同じ生徒会にいるんだし！　無理やりにでも話に混ざってもらう！　水斗のときみたいに、本人が嫌だったら……そのときはそのときだ。

私は少し考えて、するつもりだった話を整理し直してから、

「……これは友達の話なんですけど」

くふっ、と亜霜先輩が軽く吹いた。そうですよ私の話ですよ！　笑うな！

幸い、明日葉院さんは疑問を抱かなかったようなので、私はそのまま、さっき水斗との間にあったことを話した。からかって思わせぶりな態度を取っていたら、大否定されて逃げられてしまったことを……。

「最近、ちょっといい感じかなぁなんて思ってた――らしいんですけど、その矢先にこれだったので、私――の友達も、混乱してるみたいで……」

むーん、と亜霜先輩が唸《うな》る。

「何か事情があったんじゃない？　急な用事があったとか」

「そうですかね……」

続いて、ふん、と紅会長が鼻を鳴らす。

「そんなに明白なアプローチをむげにするとは、鈍感な人もいたものだね。そういう手合いには響くまで打ち続けるしかないんじゃないかな」

「やっぱりそうですか？」

水斗はどちらかといえば察しのいいほうだと思うけど、妙な勘違いをずっと続けてることもあるからなあ……。それを突破するには、結局攻め続けるしかないのかもしれない。一年間打ち続けてもまったく響いてない人を二人も目の前にすると、若干不安になるものがないでもないけれど……。

そして最後の一人——明日葉院さんが、きょとんと首を傾《かし》げた。

「あの……そもそも、人を揶揄《やゆ》するのは失礼じゃないですか？」

私たちの身体《からだ》が凍った。

「その人の意思を無視してこっちの願望を押し付けているだけですし、失礼ですがお友達は大変常識のない方なのでは」

私たちにヒビが入った。

「好意を持っているのなら尚更《なおさら》、なぜマウントを取るようなことをするのでしょうか？

普通嫌われると思います」

私たちの心が崩れ去った。

「……失礼……」

「……常識がない……」

「……嫌われる……」

そうなの？

そうだったの？

私……普通は嫌われることしてたの？

「あの、何か間違っているでしょうか？」

不思議そうに、明日葉院さんは首を傾げている。

間違っては……ない。まったくその通り。正論。超正論。ただ、その正論の力強さに、こっちの心が耐えられなかっただけ……。

「……ふっ」

力強い正論パンチの余韻から最も早く目覚めたのは、さすがというべきか、紅会長だった。

「非常に冷静でロジカルな視点だね。実にキミらしい考え方だ、蘭くん」

「あ、ありがとうございます！」

「それを大切にしたまえ。決して一時の感情で——うぐっ——客観的な物の見方を、忘れてしまわないように」

自分の言葉でダメージ受けてる！

一方、憧れの会長に褒められた明日葉院さんは目を輝かせて、

「はいっ！　生徒会の名に恥じないよう、人から自分がどう見られているか、常に考えながら行動します！」

「……ぐうぅ……」

ついこの間、すぐ隣の資料室で、まさに一時の感情で生徒会の名に恥じまくる行動を取っていた生徒会長は、静かにノックアウトされた。

私は内心のダメージを押し隠し、勇気を持って明日葉院さんに尋ねる。

「……ち、ちなみに」

「明日葉院さんとしては……どうすれば、よかったと思う？　その、私の友達は」

「え？　そうですね……。色恋には興味がありませんので、ごくごく一般的な答えになりますが……」

「うん」

「思っていることを、素直に伝えればいいだけなのでは？」

ばたーん！　と勢いよく、亜霜先輩が机に突っ伏した。

それができれば苦労しねえんだあ！　という声が聞こえてくるかのようだ。

「……一応、そう伝えておくわね」

「い、いえ、あの、わたしもちゃんと、それが難しいことだっていうのはわかっていますよ？　ただ、たまには、はっきり言葉と行動に表さないと、伝わらないこともあると……そう、考えているだけで」

……たまには、か。

そうよね。……いつもずっと思わせぶりなだけじゃ、ダメだよね。

「……ごめんなさい。偉そうに」

明日葉院さんが俯《うつむ》きがちになって、か細い声で言った。

「え？　いえ、偉そうだなんて……」

「説得力がないのはわかっていますので。所詮、すべてただの理屈です――聞き流してもらって構いません」

そう言ったきり、明日葉院さんはお弁当を食べることに集中し始めた。

その自己完結した姿に、私は少し前までの東頭さんを思い浮かべた。

伊理戸水斗◆見えないところで

派手な転倒で乳首を負傷したいさなを介護しながらテニスコートに戻ると、川波の他にもう一人、招かれざる客がいた。

「あ、やっと帰ってきたー！」

学ランの下にスカートを穿いた南暁月は、川波小暮の首根っこを摑んで引きずっていた。

僕はそれをチラ見しつつ、

「南さん、その格好はどうしたんだ？」

「応援団だよ！　そのくらい知っとけ！　どんだけクラスメイトに興味ないの！」

「ああ……」

そういえば、あるんだっけ。応援合戦。午後の部が始まる前だったかな。

「二人を待ってたの！　結女ちゃんが生徒会のほうに行っちゃったみたいで――」

南さんは不意に言葉を途切れさせ、僕の後ろにいるいさなを覗き込んだ。

「……東頭さん、なんでそんなに前かがみなの？」

「あ！　いえ！　元からこうですので！　お気になさらず！」

「気になる～……」

南さんのジト目に怯《おび》え、いさなは僕の背中に隠れる。曰《いわ》く、乳首が服に擦れるから、前かがみになることであまり当たらないようにしているらしい。壊れたブラジャーはとっくに返し、いさなが教室の荷物の中に戻してきたらしいんだが……この調子なら、たとえ壊れてても着けさせてたほうが良かったかもな。

「ま、いいや。二人とも、お昼まだでしょ？　結女ちゃんがいないからさ～、一緒にどうかなって思ってさ！」

「それはいいが、そろそろ訊《き》いてもいいか？　川波はどうなってるんだ、それ」

首根っこを摑《つか》まれたまま、ぐったりとしているが……。

「ああ、こいつ？　大丈夫大丈夫、気にしないで。そのうち起きるから」

「いや、何をしたのかを聞きたいんだが」

「大丈夫大丈夫！」

怖いよ。頑《かたく》なに話そうとしない。

「じゃあ早速行こー！　あたし、応援合戦出るから昼休み短いんだよね～」

南さんは当たり前のように、ずるずると川波を引きずっていく。

ジャージの袖から覗《のぞ》いた川波の手首には、気のせいか蕁麻疹《じんましん》のようなものが出ている気がした。

伊理戸水斗◆高度に発達した友情は恋愛関係と区別がつかない

結女が生徒会の面子《メンツ》に混ざってしまったので、他にお昼を食べる友達がいなくなってしまった――だから僕たちにお鉢が回ってきたのかと思っていたが、とんだ勘違いだった。

「じゃーん！　こちらが東頭いさなちゃんでーす！」

「おおー」

「おお～！　……おおおお～～～？」

いさなの胸をガン見しながらパチパチと拍手し始めたのは、結女や南さんとよくつるんでいる二人の女子だった。

片方はボブカットで、ぼーっとした雰囲気。もう片方は背が高く、見るからに体育会系な快活さを放っていた。

いさなが不安そうな顔をして、僕のジャージの肘をくいくいと引っ張る。

「（し、知らない人が……！　知らない人がいるんですけど！）」

人見知りかつ内弁慶ないさなは、ライオンを前にしたリスのようにびくびくと怯えていた。まったく……南さんがどういうつもりか知らないが、ここは僕が仲立ちするしかないのか。

「えーっと……」

僕が二人を見ながら首を傾《かし》げると、南さんが「ああ」と手を叩《たた》いて、

「やる気なさそうなのが金井《かない》奈須華で、うるさそうなのが坂水《さかみず》麻希ね！」

「え!?　名前覚えられてなかったのわたしら！　同じクラスだよねえ!?　ってかうるさそ

うってなんだあっきー！」

「ウチも関わりない人ん名前よう知らんわ。初めまして〜、よろしくな〜」

「え!?　わたし!?　わたしのほうが少数派!?」

確かにうるさそうだ。坂水、坂水、坂水か。やる気なさそうなほうは話がわかるな。金井、金井、金井……よし、覚えた。とりあえず今日のところは。明日はわからない。

「初めましてはいいが、どうして僕たちが呼ばれたんだ？　言っておくが、こいつにとって初対面の人間がいる環境は、川魚にとっての海のようなものだぞ」

「死ぬじゃん。いやさあ、結女ちゃんが抜けて三人になっちゃってさ、ちょっと寂しいねーって話になってさ、そういや前に東頭さん紹介しよっか〜って話したの思い出してさ、じゃあ連れてくるかーってことになった」

「許可を取れよ。本人の許可を」

「おお、そりゃそうだ。東頭さん！　一緒にご飯食べよ？」

「まあ……べつに……大丈夫、ですけど……」

顔を覗き込まれたいさなは、坂水と金井のほうをちらちらと見た後、

「『喜んで』だってー！」

「うぐぅ……」

拡大解釈が過ぎる南さんの翻訳により、いさなはますます萎縮した。やれやれ。空気を

明るくするためかもしれんが、人の言ったことを歪《ゆが》めて伝えるもんじゃないぞ。

南さんは引きずってきた川波をぺいっとその辺に放り捨てると、椅子を二つ引いてきて、坂水と金井のそばに置いた。その片方に自分が座りつつ、

「東頭さんはこれ使ってー。許可取っておいたから」

「は、はい……」

答えつつも、いさなが心細そうだったので、僕も自分の椅子を持ってくる。

その間、坂水と金井が打ち捨てられた川波を見下ろして、「哀れな……」「釣られたマグロみたいやなあ」と話していた。

自分の椅子をいさなの隣に設置し、腰を下ろすと、いさなもようやく与えられた席にお尻をつける。

その姿を見ながら、坂水と金井が呟《つぶや》いた。

「デカい」

「デカい」

「揺れてる」

「揺れてる」

「二人ともー。語彙力語彙力」

……今はノーブラだからな。もし触りたいとか言い出してきたら、そのときは僕が守っ

てやらなければ。

緊張している様子のいさなに、僕は横から話しかける。

「いさな。弁当あるのか？」

「あ、はい。あります。え？　膝の上にあるこの包みをなんだと思ってたんですか？」

「いや、あの人――凪虎《なとら》さんは弁当とか作らなそうだなと思って……」

「今日はお父さんが作ったみたいです」

「ああ……」

こき使われてるな、まだ見ぬ東頭父。いや、単に家事を分担してるだけなのかもしれないが、凪虎さんの印象的にな……。

「水斗君のはあの方が作ったんですか？」

「ああ。こういう日は由仁《ゆに》さんが張り切るんだ」

「優しいお母さんですねえ。交換してほしいです」

僕は嫌だよ。凪虎さんが母親になるのは。

「うーん」

「なるほどぉ……」

僕らのやりとりを見ていた金井と坂水が鹿爪らしく唸《うな》り、南さんがなぜかにやりと笑う。

「いかがですかな？　諸君の見立ては」

「まだ何とも言われへんなあ」

「いやでも、いま家族の話してなかった？　家族ぐるみの付き合いってことじゃねーの？」

何の話だ。

南さんたちはごそごそと自分たちの昼飯を開けていく。南さんはコンビニで買ってきたらしいパンで、残りの二人は弁当があるようだ。

「っつーか、奈須っちはここにいていいのかよー」

僕らより一回りデカい弁当箱を開けながら、坂水麻希が言う。

「年上彼氏と食いに行かなくていいのかー？　巨乳見てる場合じゃなくねー？」

「今日はええやろ。伊理戸ちゃんにフラれた南ちゃんが可哀想《かわいそう》やし」

「だーれがフラれたんじゃい！　誰が！」

ふむ。確かに、結女が生徒会に入ってからは、南さんと過ごす時間も少なくなっているはずだ。今までの印象からすると、もっと荒れていても良さそうなものだが。

南さんはパンの袋を破ってむしゃあとかぶりつきながら、

「あたしは成長したの！　大好きな友達の門出を素直に祝える大人にね！」

「ほーん」

「ずいぶん早い成長やなあ。ほんの一週間くらい前に、寂しい言《ゆ》うてウチらに泣きついとったのに」

「そっ、それは……成長イベントだよ、成長イベント！」

できれば高校に入った時点からそうなっていてほしかったもんだが。そうすれば僕が無駄に求婚されたりすることもなかった――このところ彼女が大人しいのは川波のおかげかとも思っていたが、結女とは別に友達がいるのも大きいのかもな。

「あ……水斗君、水斗君」

などと考えながら弁当をつついていると、隣のいさなが僕の手元を覗いてきた。

「おかず交換しましょー。伊理戸家の唐揚げ、好きなんです」

「ああ、そうだっけか。じゃあ口開けろ」

「んあ～」

小鳥みたいに開かれたいさなの口に、僕は箸で摑んだ唐揚げを押し込んだ。

いさなはもっきゅもっきゅとリスみたいに頬張《ほおば》って、

「おいひいでふ～」

「じゃあこの大学芋をもらおう」

「ももふ!?」

いさなの弁当箱の中から大学芋を一つ、ひょいと摘《つ》まみ取り、さっさと口の中に放り込んだ。

いさなは口の中の唐揚げを飲み込んでから僕の肩を摑んで、

「それわたしの好きなやつなんですけど！」

「知ってる」

「わざとじゃないですか！」

「好きなものと好きなもので等価交換だろ？」

「それは水斗君の好きなものを選ぶんですよ、普通！」

「と言っても、別にないからな、好きも嫌いも」

食べ物はただ食えればいい。昔からそうやって生きてきた。

いさなはぶすっと唇を尖《とが》らせて、

「水斗君は、手料理の作り甲斐《がい》がない人ですよね」

「作る予定でもあるのか」

「攻略法が一個潰れたなあと思っただけです」

「そんなもの、君には今更必要ないだろう」

「そんなことないですよう。どうやったらもっと甘やかしてもらえるか、日夜研究してるんですからね」

「志が高いようで何よりだな」

「エッチな絵でも描いてあげましょうか？」

「なんでだよ」

「食欲がダメなら性欲かなーと」

「……放っておくと厄介になりそうだから、少し甘やかしてやる。ほら唐揚げ」

「わーい！　んもきゅもきゅ」

二個目の唐揚げを親鳥の気持ちで与えていると、一連のやり取りを見ていた女子どもがこそこそと話し始めた。

「（いや、これは付き合ってんでしょ）」

「（あーんするのに何の躊躇《ちゅうちょ》もないで。ビビるわ）」

「（ところがどっこい、ただの友達です）」

「（嘘《うそ》だね！　絶対嘘だね！　休日は爛《ただ》れた生活を送ってるね！）」

「（伊理戸ちゃんもだいぶ気ぃ遣わなあかんなぁ、それは）」

　そのときだった。

　ずっと地面で沈黙していた川波小暮が、急にガバッ！　と起き上がったのだ。

「ひぁうっ⁉」

　いさながビクッと驚いて僕の肩にしがみつく。……おい。君、今ノーブラだぞ。

　僕が恐ろしく柔らかい感触からそれとなく肩を逃がしていると、川波は土のついた頭で、ゆらりと南さんたちのほうを見た。

「今……何か、とんでもなく不快な話が聞こえなかったか……？」

「気のせいでしょ。ほらこれ」

南さんは川波の地獄めいた声をあっさりスルーし、手元に残していたパンを軽く投げ渡した。

「あー？」

「お昼ご飯。ついでに買っといてあげた。感謝に咽《むせ》び泣けぃ！」

川波は後頭部についた土を払いながら、投げ渡されたパンを見つめて渋い顔をする。

「……カレーパンのほうが良かったなぁ」

「って言うと思って、そっちも買っといた。ほい」

「お？　サンキュー」

もう一つ、新しいパンの袋を投げ渡されて、渋い顔を簡単に引っ込めた。

それを見てまた、坂水と金井がこそこそと話し始める。

「（いや、こっちも付き合ってんじゃん）」

「（というか結婚してへん？　実は）」

「……やっぱり、とんでもなく不快な話が聞こえてんなあ」

「それは気のせいじゃないかも」

まったく。落ち着いて食事ができないのか、この連中は。

「（ひうっ！　……す、すみません。またちょっと先っぽが……）」

……君も含めてな。

伊理戸結女◆後方元カレ面

「え？　伊理戸弟？」

「さっきまで一緒にご飯食べとったんやけどなぁ、食べ終わったらどっか行ってもうたで」

「そうそう！　東頭さんと一緒にね！　いや絶対付き合ってるってアレ」

「どんだけ言うねん」

昼休みの終わり際、クラスのところに戻ってみたけど、水斗はいなかった。

麻希さんや奈須華さんと一緒にご飯を食べたっていうのも驚きだけど、どうやら暁月さんが強引に連れてきたらしい。「東頭ちゃんと連絡先交換したわぁ」と奈須華さんが言っていたので、意外と上手くいったみたいだ。

その暁月さんのほうは、この後の応援合戦に出るためにすでにいない。同じように川波くんの姿も見当たらなかったけど、水斗や東頭さんと一緒にいるのだろうか。

仕事に戻る前に、水斗に少しだけ会いたかったんだけどな……。

運営テントのほうに戻っている間に、応援合戦が始まった。

「フレー！　フレー！　あ・か・ぐ・み！」

太鼓の音に合わせて、男女入り混じった応援団が勇ましい声を上げる。

その中でもいっとう小柄なのが暁月さんだ。けれど、その堂々たる佇《たたず》まいとキレのある動きから、周囲にまったく引けを取らない迫力を放っている。

そんな彼女を見守る目が、校舎側の人目につきにくいところにあった。

「あれ？　川波くん」

「あ」

私が話しかけた途端、川波くんはばつが悪そうな顔をした。

人に見られたくなかったのかな？　暁月さんを見守っているのを。

私は微笑《ほほえ》ましくなってくすりと笑い、

「迫力出てるでしょ？　すごく練習してたのよ、暁月さん」

「んー、まあ……チビにしては頑張ってんじゃねーの」

川波くんは誤魔化《ごまか》すように頭を掻《か》きながら言った。素直じゃないなあ、二人揃《そろ》って。

「……黙っといてくれよ、伊理戸さん。バレたらあいつ、『後方彼氏面かよー』とか言って調子に乗るからよ」

「うん。了解」

言ってから、ふと思いついた。

「それじゃあ代わりに、教えてくれる？」

「ん？」

「水斗と東頭さんって、どこにいるの？」

すると、川波くんはニヤッと意地悪な笑みを浮かべた。

「なんだ？　気になんのか？」

「……えーと。ほら、一応、生徒会だから。サボってる生徒のことは把握しないとね」

「ま、そういうことにしておくか。簡単に教えるのはつまんねーけど……あー、もうあいつにはバレちまってるしな。別にいいか」

そう呟《つぶや》いて、川波くんは校庭の横のほうを指差した。

「テニスコートの隅。静かで落ち着けるんだよ」

「そっか。……ありがとう」

まったく、あの男は……本当に、生粋の社会不適合者なんだから。

今は仕事があるから手が離せないけど、折を見て様子を見に行こう。

伊理戸水斗◆初めての乳首

午後のプログラムが始まった頃、僕といさなはテニスコートに戻ってきていた。

「はふぅ……やっと落ち着けます……」

何せノーブラの奴《やつ》がいるのだ。人目のある場所にはそうそう留《とど》まっていられない。

「あの下着、何とかして直せないのか？」

「えー？　どうでしょう……。ホッチキスとかで留められるんですかね？」

「僕が知るわけないだろ。もっとこう、テープ的なものとか」

「持ってないですよー。何の授業もないんですから、今日」

「先生に言って借りるか？」

「……えー」

「嫌そうだな」

「なんか……その程度のことでっていうか……先生に話しかけるのは最後の手段にしたいっていうか……」

「まあ、気持ちはわかるよ」

人に頼る、というのは最終手段なのだ。僕たちみたいなのにとって。

「水斗君しか見てないなら別にいいですよ。締め付けがなくなって楽ですし。ジャージを着てれば乳首も浮きませんし」

「言うな。そういうことを」

「痛《い》てっ。へへへ」

軽くチョップすると、いさなはなぜか嬉《うれ》しげにはにかんだ。

それから、ジャージのジッパーを少し下ろして、顎を引くようにして中を覗《のぞ》き込む。

「いやあ、ビックリしますね。体操服ってこんなに生地薄いんですね。結構くっきり形出ちゃってますよ」

「世間話みたいに言うな」

「ほらほら。こんなにぷっくりと……」

「見せるな！」

「ふへへ。冗談ですよー。水斗君は可愛《かわい》いですねえ、初心《うぶ》で！」

「……君、最近調子に乗ってないか？」

「え？」

「自分に自信がついてきたのは大変結構だが……そろそろわからせてやらなければならないようだな。上下関係というやつを……」

「え？　え？　ちょっ、その拳で何を――」

己が拳でいさなのこめかみを狙い澄ました、そのときだった。

コートの外から、密《ひそ》やかな声が漏れ聞こえてきた。

「――……ね。本当に誰も来ない？」

「大丈夫だって……」

「んっ……！」

僕といさなは顔を見合わせると、息を潜めて背後を振り返る。

ネットの向こう側。校舎の影に包まれた非常階段の辺りに、見知らぬ男女の姿があった。

体操服を着たその男子と女子は、互いに抱擁し合いながら——唇を重ねていた。

「(ほあっ……！　あっ、ふおおー……！)」

すぐ隣で、いさなが鼻息を荒くする。

体育祭に真面目じゃないのは、僕たちだけじゃないってことか……。それが恋人同士ともなれば、ああなるのも当然の話——

などと余裕ぶっていたら、

「あっ……！　だ、ダメだって……っ！」

「ごめん。すぐ済ますから……」

「ひ、人来たら終わりだからね……？」

するっと、男子のほうが、女子の体操着の裾を捲《まく》り上げたのだ。

突如として露《あら》わになった見知らぬ女子のブラジャーに、さしもの僕も凍りついた。

「(えっ……？　嘘っ……こ、ここで？　——ちょっ、水斗君！)」

「(おわっ！)」

男子の指がブラジャーの下に滑り込んだと同時、隣のいさなが勢いよく飛びついてきて、

僕はベンチの座面に押し倒された。

むにりと、僕の胸板で柔らかなものが潰れる。見下ろせば、じっと僕の顔を見上げるいさなの顔と、体操着の襟から覗く潰れた膨らみ。そして、ジャージの生地越しに確かに感じる、水風船のような柔らかさの中に混じった、小さく硬い感触——

「（……ダメですよ）」

ほとんど吐息のような囁《ささや》き声で、いさなは言う。

「（水斗君の初めての乳首は……結女さんのか、わたしのじゃなきゃ、ダメです！）」

……誰も、見たことがないなんて言ってないが。

というか、そもそも、見る、ということに限定しないなら、たった今——

「（……そこで自分を含める辺り、正直だよな、君は）」

「（あっ。……もももちろん、初めては結女さんに、ゆゆ譲りますよ？）」

もう手遅れだ、アホ。

伊理戸結女◆引いてみてのお楽しみ

生徒会として運営に回っている都合上、出場競技を水斗並みに絞っていた私だけど、ついに出番がやってきた。

『さあさあついにやってきた！　洛楼《らくろう》名物、チェンジ借り物競走の時間だ！』

そもそも、私は運動が得意ではない。だから徒競走とか、単純な運動能力勝負の競技では貢献できないと思った。そこで割り振られたのが、この借り物競走だった。

まさか自分で作ったお題を自分でやる羽目になるとは。

チェンジしない場合のお題がどれほど難しいか、はっきりわかっている身としては、冷や汗を垂らさずにはいられない。意地を張らずにチェンジする準備をしておかなければ。

「はー、緊張するー」「お題難しかったらどうしよー」

他の競技と比べても、どこか浮足立っている選手たちと一緒に、スタート地点に入場する。

校庭には離れた位置に机が三つ設置され、それぞれの上に走者の数分、お題の紙が入った箱が置かれている。

まずはスタート地点から一番近い机に走り、箱のどれかからお題を引かなければならない。他の机に走るのはチェンジすると決めた場合だ。そうするとお題が簡単になるけど、代わりに時間がかかる。

最初のお題も、難しいけどクリアできないほどではない――お願いだから、『かわいいorかっこいいと思う人』とかやめてよね！　もし審判に弾《はじ》かれたら借りてきた人が可哀想《かわいそう》だって明日葉院さんが言ってたのに、なんで突っ込んじゃったの私！

『位置について――』

神に祈りながら、スタート位置につく私。

このとき、私は忘れていたのだ。

神様にお祈りして、ろくなことになったためしがないっていうことを。

『よーい――スタート！』

最初のお題箱に向かって、私を含む走者たちが一斉に走り出す。

私と同じく、それほど運動に自信がない人たちが出場しているみたいで、最初から出遅れるということはなかった。

けど、問題はここからだ。三番目に机に辿《たど》り着いた私は、空《あ》いたお題箱の中から勘で一つを選んで、上面の穴に手を突っ込んだ。

『さあ、最初のお題エリアに到達！　果たしてどのようなお題を引くのでしょうか！』

中に入った紙をがさごそと掻き混ぜているうちに、先に箱から紙を引き抜いた二人が、それぞれ書かれた内容を読んで悲鳴を上げた。

「なぁんだぁこれぇー!?」「えっ!?　うわ……え!?　マジ!?」

それが私の未来の姿にも思えて恐ろしくなっていると、一枚の紙が指に引っかかる。

もういいや、これだ！　お願いします……っ！

えいやと引き抜いた紙を、私は恐る恐る開いた。

「……え……？」

一瞬、当惑する。

お題の内容を決めた張本人である私が、それでも。

だって――見覚えがなかったのだ。

私も、明日葉院さんも、こんなお題は入れた覚えが――

――引いてみてのお楽しみさ

「あ」

もしかして……紅会長が入れた、あれ？

まさか、本当に私が引くことになるなんて――お題は何十枚もあるのに、会長って未来でも見えるの……？

会長が考えたお題を見つめながら、私は少し考えた。その間にも、他の走者たちが次々とお題を引いては、

「チェンジチェンジ！」「無理ゲー！」

と叫びながら、第二のお題箱に走り出していく。

何度考えても、このお題に合うのは、一人しか思い浮かばなかった。

けど、それって、もうほとんど――

――ただ、たまには、はっきり言葉と行動に表さないと、伝わらないこともあると
「……そうよね」

たまには、行動に表さないと。

それに、これなら——きっと、あいつも逃げられない。

私はお題の紙を握り締め、他の走者たちとは別方向に走り出した。

『おおーっと！　一年七組、伊理戸選手！　チェンジに行きません！　勝負に出たーっ‼』

熱の入った実況に背中を押されるようにして、私は走る。

校庭の横にある、テニスコートへと。


しかし。


「……あれ？」

川波くんに教えてもらったテニスコートの隅。

そこには、水斗の姿も東頭さんの姿もなかった。

伊理戸水斗◆フッた責任

「漫喫のときといい……わたしたちって、ああいうのに遭遇しがちですよね」

いさなは古ぼけたベンチに座りながら、「うぇへへ」と気の抜けた笑みを零《こぼ》した。

僕もまた、どっかりとその隣に腰を下ろし、

「漫喫のは遭遇したと言っていいのか……どちらにせよ、世の中乱れすぎてるよ」

「いいんじゃないですか？　少子化ですし」

「文明を捨てて野生に戻ることを少子化対策とは言わないんだよ」

本当に、まるで動物だよ。……中学生の頃を思い返すと、自分にも思い当たる節がないでもないのが、尚更《なおさら》に嫌悪を加速させる。僕らもあんな風に見えてたんだろうな……。

「なんというか……目から鱗《うろこ》ですよね」

へへ、とはにかみながら、いさなは両手の指の先を口の前で合わせた。

「何がだ？」

「本当にあるんだーって、思いまして……エッチな動画や漫画の中だけのことじゃないんだーって……当たり前なんですけど、そんな感じがして」

「……あー」

まあ、わからんでもない。

同じ学校に通う、同じくらいの歳《とし》の奴《やつ》が。本当にそういうことをしているんだと、いざ目の当たりにすると……急に、現実感が強くなる。

あるいは、中学の頃に粋がって、避妊具を買ったときよりも、生々しく感じたかもしれない。

「……わたしも、できるんですよね、ああいうの……」

いさなが顔を俯《うつむ》けて、ぽつりと呟《つぶや》いた。

一瞬、聞こえなかったフリをしようかと思ったけど、結局——慎重に言葉を選びながら——僕は口を開く。

「そりゃあ、まあ……機能としては、そうだろ」

「何だか……想像、できませんね。もし付き合ってたら……もっと、現実感あるんでしょうか？」

なぜ僕に訊《き》く、とは訊き返せなかった。その『もし』は、誰を相手とした仮定なのか——他の可能性を少しも窺《うかが》わせない言いぶりは、きっと本当に、他の可能性を少しも考えていないからだ。

たぶん、自惚《うぬぼ》れではなく。

人生でたった一度の恋を、彼女は僕で消費してしまったのだろう。

恋愛なんて面倒なことを、何度もできるような奴じゃない。いや、する必要がないと言うべきか。そこは僕自身、まったく同じだからよくわかる。

友人として。できれば、そのたった一度を、叶《かな》えてやりたかった気持ちはある。

けれど、僕も僕で、たった一度をもう、消費してしまっていたから。……だから僕たちは、友人同士なのだ。

「さあな」

　と僕は答えた。

「君、もしそうなったらぐいぐい来そうだけど、いざとなったらビビりそうでもあるからな」

「失敬な！　……言い返せませんけど」

　いさなは下唇を突き出すと、ベンチの上に膝を抱え込む。いつも図書室でそうするように。

　それから、膝の中に口元を埋《うず》め、もごもごと呟くのだ。

「……仕方ないじゃないですか。踏ん切りはついても……興味が尽きることは、ないんですから」

　さすがにこれには、僕もコメントのしようがなかった。

　いさなは口を膝に埋めたまま、横目で僕を見て、

「実はまだワンチャン狙ってる——って言ったら、怒りますか？」

「……例えば？」

「大人になって、一緒にお酒を飲んだときとか」

「思ったよりリアルでキモいな」

　少し茶化《ちゃか》してから、僕は視線を外して答える。

「君が心の中で何をどう思おうが、僕の関知するところじゃないよ」

「……そうですか？」

「君は、悪いことは何もしてない。だから……フッた責任は、僕が取る」

言葉を誤魔化《ごまか》さない。これもまた、責任の一つだと、僕は思っている。

君は、何も気にしなくていいんだ。僕たちが友人であることを選んだのは、完全に僕の側の都合なんだから。

「……はあああ～」

いさなは急に大きな溜《た》め息《いき》をつき、抱えた膝に顔を突っ伏した。

「エロいことしたいい～～～！　水斗君にぐちゃぐちゃにされたいい～～～っ!!」

「おい！　声がデカい！」

「わたしが何を思おうが自由なんじゃないんですか？」

「声に出すのは自由じゃないだろ、普通に考えて！」

「うえへへ」

いさなは顔を上げてはにかむと、ずりっとお尻をずらして距離を詰めてくる。

「ちょっと安心しました」

「……何を？」

「フッた責任は、水斗君が取ってくれるんでしょう？　だったら、わたしが特に気を遣わなくても……水斗君が徹底的に、越えちゃいけないラインを守ってくれるってことですよね？」

「まあ……そういうことだが……」

何か嫌な予感が。

ひひ、といさなは下卑た笑みを浮かべ、僕に詰め寄ってきた。

「つまり……わたしのほうからは、どんなにエロいことをしても構わない、ってことですよねえ……？」

「なんでそうな——」

「うりゃっ！」

いさなの腕が素早く伸びて、僕の首に巻きつく。

そのままぬいぐるみのようにぎゅうっと抱き締められた。胸に押しつけられた二つの膨らみは言うに及ばず、心がどうだろうとどうしようもない柔らかさと、人肌の温かさとが、一気に僕の全身を包む。

「ほれほれ〜♪　ちゃんと守らないと〜！　ただの友達じゃなくなっちゃいますよ〜？」

「ただじゃない友達ってなんだよ！　離れろ！」

「ええ〜？　女の子に言わせるんですか？　そりゃもちろん——」

「もういいもういいもういい！　言わなくていいから離れろ〜……！」

「いっやでーす！　わたしは気を遣いませーん！」

すぐ調子に乗る！　フッた責任云々《うんぬん》は関係なく、こいつには一度ガツンと――

「――東頭さん」


よそから飛んできた声に、僕もいさなも、凍ったように身を固くした。

密着した身体《からだ》を引き離すこともままならないまま、僕たちは錆《さ》びついた機械のように、ぎこちなく声のほうを向く。

結女が。

息を切らせた結女が――一歩一歩、僕たちのいるベンチに近付いてきていた。

その表情は真剣で、怒っているようにも見え。

それが僕たちの目の前で立ち止まると、いさなは猛獣から距離を取るときのように、ゆっくりと僕から身を離した。

「ゆ、ゆ、結女さん……こ、これはその、と、友達同士の、お、おふざけというやつで――」

「東頭さん」

もう一度名前を呼ばれると、いさなはびくんと固まって、口を噤《つぐ》んだ。

結女は「ふう……」と息を整える。よく見るとこめかみに、少し汗が垂れていた。

それから改めて、結女は口を開いた。

「今……借り物競走やっててね？」

「え？」

困惑するいさなをよそに、結女は手を伸ばした。

僕の手首を、摑《つか》むために。

「だから——」

僕をしっかと捕まえ、いさなの目を見据えて、

「——水斗のこと、少しだけ、返してくれる？」

結女は告げた。

明確に存在したその言葉の違和感に、いさなはぱちぱちと目を瞬いた。

「え？　借り物競走なら貸してじゃ——」

「返して」

結女は繰り返して、今度は微笑《ほほえ》んだ。

「……くれる？」

「どっ、どうぞどうぞーっ!!」

哀れ、三下丸出しの調子で、いさなは僕から距離を取った。

よし、とでも言うかのように結女は肯《うなず》き、僕の手首を引っ張って立ち上がらせる。

そして、ようやく僕に向かって言った。

「そういうわけだから、お願いね」

「……僕に許可を取るんじゃないか？　普通」

「どうせ嫌がるだろうから、無理やり連れていくわ」

横暴だ！

連行されていく僕をよそに、三下のように散らされたいさなは、一人でぽーっと空中を見つめていた。

「釘《くぎ》……刺されちゃいました……。うぇへへ……」

「……あの子は、なんで感動してるの？」

「……わからん」

そこまでは責任取れん。

伊理戸水斗◆君が見ている僕のこと

結女に手を引かれ、僕は校庭を目指す。

——何のお題だったんだ？

そう訊いた僕に、結女は少しだけ考えて言った。

――あなた以外は、考えられないお題よ

僕以外は考えられない。僕以外は当てはまらない。

家族？　体育祭は保護者が来ないから。

きょうだい？　世界中を探しても僕しかいない。

あるいは――

都合のいいことを考えた。自分が何もしなくても望むものを手に入れられるような、都合のいい真実を仮定した。

いいのか、それで？

ありえないとは思わない。兆候はいくらでもあった。勘違いしようと思えばいくらでもできた。

それでも、僕の思考にはストップがかかる。

いいのか？

そんな――簡単に片付けてしまって。

ああ、この期に及んで痛感する。僕たちという関係の、なんと面倒なことか。

――好きな人、なんて。

そんな簡単な言葉じゃ、もう表しようがない。

なあ、結女。

今の君は、僕をどんな風に見ているんだ？

『――さあ！　一年七組、伊理戸選手が帰ってきた！　男子を！　一人の男子を連れています！』

視線と歓声とが一身に集まって、所在なさが募る。

けれど、それらを振り切るように力強く、結女は僕の手を引いて校庭を突っ切った。

『さあゴール！　審判のＯＫが出れば一位ですっ！　果たして伊理戸選手が引いたお題とは⁉』

ゴールには、見覚えのある人物が待ち受けていた。

小柄ながらも独特な存在感を放つ、生徒会長・紅鈴理。

彼女は息を切らせて走ってきた結女を、そして引き連れられてきた僕を、悠然とした微笑を湛《たた》えて順繰りに見て、

「お題を」

差し出された手に、結女は無言で手にしていた紙を渡した。

紅先輩はその紙を開いて、目を通し――くつくつと、意味ありげに笑う。

「素直に伝える気になったのかい？」

結女は照れたように笑った。

「はい。とりあえず今日は」

その答えを聞くなり、紅先輩は放送席のほうを向いて、両手で大きくマルを作った。

『クリアっ！　クリアのようですっ！』

結女は紅先輩からお題の紙を返されると、僕に振り向いて言う。

「行きましょ」

結局、僕が何者として連れてこられたのかわからないまま、放送席まで連れていかれた。

元々そういう段取りなのか、結女がお題の紙を実況の放送部員に手渡す。放送部員はマイク片手に紙を開くなり、「おおっ!?　なるほどぉ……」と唸《うな》って、僕の顔を見ながら少し笑った。

『お題を発表します！　一年七組、伊理戸選手が引いたお題は――』

にわかな緊張が全身を包み、直後、マイク越しに朗々と、僕の正体が告げられる。

『――「一緒にゴールしたい人」、です！』

おおっ……！　というどよめきが、観戦の生徒たちから沸き起こった。

一緒に……ゴールしたい？

それが、僕？　……どうして？

『伊理戸選手！　理由をお聞かせ願ってもよろしいでしょうか！　連れてこられたのは……察しますに、同じクラスの伊理戸水斗くんかと思われますが！　二人は確か、ごきょうだいなのですよね！』

なんでそんなに詳しいんだ、この放送部員。

まるで芸能情報を取材するマスコミみたいな口振りに、生徒たちの興味が結女に集中するのがわかった。一緒にゴールしたい――解釈の余地があまりに大きいお題。同性ならば、仲のいい友達だから、と自然と誰もが解釈するだろう。しかしそれが異性ならば、邪推が生まれざるを得ない。こいつは、それをわかっていて――

『そうですね……』

向けられたマイクに怯《おび》えることもなく、結女は堂々と答えた。

『ブラコンだからです』

シンプルな答えだった。

誤魔化《ごまか》しも躊躇《ためら》いもない――そう、素直な答えに、あちこちから笑い混じりのどよめきが起こった。

マイクを向けていた放送部員も、「ぷふぁっ！」と軽く噴き出しながら、

『なるほど！　それは納得です！　見事一位となった、伊理戸結女さんでしたぁー！』

パチパチパチ、と拍手に送り出されて、結女は僕を連れて選手の控えエリアに戻っていく。

何も知らない奴《やつ》らにとっては、それはちょっとしたウケ狙いの答えでしかなかったんだろう。

だけど——僕にとっては。

あるいは、都合のいい仮定に飛びついてしまいかねないほどの、素直すぎる——

「なあ——」

「たまには」

話しかけようとした瞬間、結女は振り返った。

捕まえるように、僕の手首を強く握り。

「私も、素直になるのよ？」

懇願するように、僕の瞳をじっと覗《のぞ》き。

結女は言う。

「だから……逃げたりされると、ちょっと悲しい」

……逃げる？　僕が？

言われて、すぐに思い当たった。

いさなのブラジャーを懐に隠しているときに話しかけられて、慌てて逃げてしまったことを。

「……あー」

それを……気にしてた、ってことで、いいのか？

「……わかったよ……」

その素直さに免じて、僕も割と素直にそう答えて、

「今日みたいに捕まえに来られたら、たまらないからな」

続けて、結局、いつものような憎まれ口が出た。

ああ、ダメだ——やっぱり僕には、難しい。

むっとされるかと思ったが、結女はむしろ嬉《うれ》しそうに唇を綻ばせた。

「それじゃあ尚更《なおさら》、捕まえに行かないとね」

「嫌がらせか？」

「放っておいたら東頭さんにエッチなことしそうだし？」

「あれは僕がされてたんだよ！」

くすくすと結女は笑う。

よくわかったよ。君が僕をどんな風に見てるのか。

どこどこまでも広がる秋空に、借り物競走の歓声が遠く響く。

ゴールなんてものがどこにあるのか、僕たちはまだ、これっぽっちも知らなかった。

伊理戸結女◆見栄《みえ》の楼閣

『洛楼高校体育祭、すべてのプログラムが終了しました――』

無事に体育祭が終了し、後片付けもあらかた済んで、私はようやく肩の力を抜いた。

生徒会に入って初めての行事運営……思った通り大変だったけど、中学の頃に比べたらずっと充実していたような気がする。元より自分から楽しみに行くっていうのが苦手な私には、こうやって仕事として携わるほうが積極的に参加できて面白いのかもしれない。

「結女くん、蘭くん。あとはやっておくから、上がっても大丈夫だよ」

「いえ、先輩！　わたしは最後まで――」

「明日葉院さん」

真面目さを発揮しようとした明日葉院さんを、私は柔らかに止めた。

「ここはお言葉に甘えましょ。あなたも疲れてるでしょ？」

「その通りだ。少しは先輩を立たせてくれ」

不満そうにしていた明日葉院さんも、尊敬する紅会長の言葉に、「……はい」と折れた。

明日葉院さんのやる気がすごいのは確かだけど、体力はそれについていかない。見えづらいところで頻繁に溜《た》め息《いき》をついていたのを、私も会長も気付いている。彼女の小柄な身体《からだ》で無理をすれば、それ相応の代償を払うことになる。

「それじゃあ、お疲れ様でした」

「……お疲れ様でした」

「うん、お疲れ」

……それと。

私はそれとなく、無言で会長のそばにいる羽場先輩を見やった。

会長は競技の合間も忙しく、ずっと体育委員の人たちに指示を出していた。……最後くらい、二人きりの思い出が欲しいだろう。

あんまり抑圧して、この前みたいに人のいるところで暴走されても困るし。

明日葉院さんを引っ張るようにして、私は生徒会室を目指す。まずは一日外にいて砂《すな》埃《ぼこり》だらけになった体操服を着替えないと。

「どうだった？　体育祭」

世間話として、私は隣を歩く明日葉院さんに訊《き》いた。

明日葉院さんは、いつも通りの堅い口調で、

「そうですね。……紅先輩の仕事ぶりを間近で拝見できて、興味深かったです」

「……それ、体育祭じゃなくて会長の感想じゃない？」

「楽しかったですよ。競技に出るよりも運営する側に回るほうが、どうやら性に合っているみたいです」

「ふふっ。わかる」

「……この手足の長さじゃ、スポーツに関しては限界がありますし。それにわたしの場合、余計なものまでくっついていますから……」

言いながら、明日葉院さんはぽよぽよと、アンバランスに突き出た胸を持ち上げた。

暁月さんが聞いたらキレ散らかしそう――ではあるんだけど、

「実際、大変そうよね……。錘《おもり》をぶら下げてるようなものだものね」

「あなたも他人事《ひとごと》ではないのでは？　小さいようには見えませんが」

「そう？」

「平均よりは大きいのではと」

「あー、そうね。友達に物凄《ものすご》い子がいるから、感覚が麻痺《まひ》しがちなんだけど……亜霜先輩も私よりちょっと大きそうだし」

「え？」

「え？　何？」

隣を見ると、明日葉院さんは虚を突かれたような顔をしていた。あれ？　何か変なこと言った？

明日葉院さんは数秒、考えるような間を取ってから、

「いえ……何でもありません」

「気になるんだけど」

「気付いていないのならそれで……」

え？　何を？　はっきり言ってよ！

「それよりも、もうすぐ中間テストですよ」

「いや、話題変えないで？　何を気付いてないの、私⁉」

「生徒会が忙しいからと言って、不甲斐《ふがい》ない結果を晒《さら》さないようにしてくださいね。張り合いがありませんから」

「無視⁉　怖い怖い怖い！」

そうこうしているうちに、生徒会室に着いてしまった。明日葉院さんは素早く扉に手を掛けて、

「どうでもいいことを気にしている暇があったら——あ」

開いた瞬間、口を開けて固まった。

「あ」

室内を覗いた瞬間、私も固まった。

「あ」

中にいた亜霜先輩が、振り返って固まった。

そう、亜霜先輩だ。

生徒会室では、亜霜先輩が——ちょうど、体操服を脱いでいるところだったのだ。

きっちり上下で色を揃《そろ》えた、薄ピンクの下着姿だった。机の上にスポブラが脱ぎ捨てられているところと、背中に手を回してブラのホックを留めようとしている姿勢であることから、運動用の下着から普段使いの下着に着替えていたのだろう。

問題は、下着そのものではなかった。

今まさにブラを着けようとしている——胸のほうにあった。

小さい。

普段、服の上からでもわかるほど豊満であるはずの、亜霜先輩の山脈——しかし、ブラに覆われている今このとき、私の目には、なだらかな丘陵しか映っていなかった。

B——も、たぶんない。寄せて上げれば、ようやくそのくらい。そういうサイズだった。

そして、極めつけの証拠が。

ブラのカップの裏側に、何枚も重ねられている、三角形の——

「……パッド……」

亜霜先輩の顔色が見る見る青くなっていき、ぽろっ、と、胸のサイズを大きく盛るパッドが一枚、ブラの中から零《こぼ》れ落ちた。

そんなに……盛ってたんだ……。

一枚くらいなら珍しくもないだろうけど、そんなに何枚も……AカップがEカップに見えるくらいに……。

その理外の盛りっぷり、うず高く積み上げられた見栄の楼閣に、私は衝撃を受けすぎて、しばらく放心してしまった。

たぶん、放心度合いでは、亜霜先輩のほうが上だろうけど。

ほら、無言のまま涙目になってる。

「……はあ」

明日葉院さんが溜め息をついて、てくてくと凍りついた亜霜先輩に近付いていく。

「今までバレてなかったのが奇跡なんですから、気にすることはないですよ、先輩」

推定身長１４７センチ、推定ブラサイズE～Fカップの明日葉院さんの慰めの言葉に、亜霜先輩は俯《うつむ》いてぷるぷる震え出す。

「…………か」

「はい？」

明日葉院さんのジャージの裾を、亜霜先輩の手がおもむろに摑《つか》んだ。

「お前に……わかるかァーッ!!」

「ひゃあああっ!?」

ずるーん！　と下の体操服ごとジャージを捲《まく》り上《あ》げられ、明日葉院さんが悲鳴を上げる。

「たゆんたゆん揺れやがってえーっ!!　揺らしてえよあたしだって!!　ズレるだけだよッ、パッドがよお!!」

「やめっ……いっ、痛いっ、痛いですからっ！　揺らさないでぇ……！」

「せ、先輩！　落ち着いて落ち着いて！」

ようやくわかった。

だから暁月さんと意気投合したんだ。

伊理戸結女◆同じ世界

「うっ、うっ……無理なんだよう、一度盛り始めたら……。もう元には戻れないんだよう……。いつか本物になるって信じて、信じて……でも増えるのはパッドの数だけで……ううーっ！」

バレたショックで暴走した亜霜先輩は、明日葉院さんをぬいぐるみのように抱き締めながら愚痴りまくることで、ようやく鎮静化した。

私が必要以上に驚いちゃったのも悪いけど、でもまさかこんなに盛ってる人がいるなんて思わないでしょ？　バレた今でも当たり前のようにパッド入れてるし。

「ちなみに……答えたくなかったらいいんですけど」

「何？　ゆめち……？　ゆめちも大きいよね……。一年のくせになんなん……？」

「いえ、その……そのこと、星辺先輩は知ってるんですか……？」

「……………………」

亜霜先輩は無言で目を逸《そ》らした。

その膝の上に収まっている明日葉院さんが呆《あき》れたように眉をひそめる。

「こんな違和感の塊に気付かないって、男の人はアホなんですか？」

「あ、明日葉院さん……それだと私もアホになるから……」

「失礼しました。でも、元会長ほど優秀な方でも気付かないなんて、やはり女子と男子とでは見ている世界が違いますね」

「まあ、そうかもね……」

心が通じたと思ったら全然そんなことなかった……なんてことは、枚挙にいとまがない。でも、同性の私が亜霜先輩の真実に気付かなかったように、別にそれは、男女に限った話ではないのだろう。

今日の私の気持ちは、水斗にちゃんと通じたのかな……？

「……ゆめち……絶対、言わないでね……」

　なぜか明日葉院さんの頭をなでなでしながら、亜霜先輩は暗い声で言った。

「絶対、絶対、秘密にしてね……。もし言ったら……本当に、本当に、恨むからね……」

「先輩がさっさと自分で白状すればいい話――あうっ⁉」

「生意気言うな後輩。おっぱい揉《も》むぞ」

「もっ、もう揉んでるじゃないですかっ！」

　こうして、生徒会としての初めての体育祭が、終わりを告げたのだった。


「お疲れ様でしたー」

　一人で生徒会室を出ると、窓の外の空は赤く染まりつつあった。

　ついこないだまで夏だと思ってたのに、もう日が短くなりつつある。特に文化祭の辺りからは時間の流れが速く、追いつくのに精一杯だ。

　半年前――毎日の時間が遅く感じた、水斗との同居生活が始まった頃とは完全に逆。

　すっかり馴染《なじ》んだ日常と、初めての刺激が混ざり合い、私の時間を加速している……。

　それでも、ぼんやりとはしていられない。あとほんの数日でテスト週間に入り、その後に中間テスト。それから、さらにほんの数日で――

昇降口でローファーに履き替え、校門に向かう。

他の生徒はもうほとんど帰ってしまったのだろう。校門までの道を歩いているのは私だけだった。

だから——すぐに気が付く。

校門の柱のところに、見覚えのある男子が、佇《たたず》んでいるのを。

「あれ……？　水斗？」

「…………………」

私が近寄っていくと、水斗のほうも柱から背中を離して、こっちに近付いてくる。

ジャージから制服に着替えていた。やっぱりこっちのほうが似合うな。

そんなことを思いつつ、前で立ち止まった水斗に、私は言う。

「ここで何してるの？　東頭さん待ち？」

「……いさなは先に帰ったよ」

「え？」

じゃあなんで……？

私が首を傾《かし》げる一方で、水斗はばつが悪そうに目を逸らしながら、躊躇《ためら》いがちに口を開いた。

「……家に帰るまでが、体育祭だ」

「…………？」

それは遠足では。

などと思っていた無粋な私に、水斗はぶっきらぼうな調子で言う。

「一緒に……ゴール、したいんだろ？」

……あ。

ああ……。

ああああああ〜〜。

——何？　この義弟。可愛《かわい》すぎか。

単に、私の意思を尊重してくれたのか。それともからかっているつもりなのか。あるいは、生徒会で頑張った私を、労《ねぎら》ってくれているのか。

この程度で口説き落とせたなんて、自惚《うぬぼ》れはしないけど。

少しではあれ、一部ではあれ……私の気持ちが通じていたのは、間違いない。

私たちが、同じ世界にいるのは、間違いない。

「……なんだよ。黙ってニヤニヤして。キモいぞ」

「ん〜？　いや、ね？」

私は軽く腰を折って、下から水斗の顔を覗《のぞ》き込む。

今ならきっと、小悪魔しても大丈夫。

「あなたも大概、シスコンだな～と思って……ね？」

「はあ？」

「今日だけ妹になってあげましょうか、お兄ちゃん？」

「やめろ。気色悪い」

「お・に・い・ちゃんっ♪」

「やーめーろって！」

鬱陶しそうに言いながら、だけど水斗は逃げはしない。

歩調を合わせて、一緒に校門を抜けていく。

そこにはまだ、ゴールテープは張られていない。

家に帰っても、今日が終わっても、きっとどこにも張られていない。

それでも私は、一緒にゴールしたいのだ。

どこにあるかもわからないそれを、他の誰でもないあなたと。

きっとあなたが見守っているから

伊理戸結女《いりどゆめ》◆プライドにはプライドを

「明日より一週間、生徒会活動は休止となる」

一〇月下旬。二学期中間テストが一週間後に迫った今日、紅《くれない》鈴理《すずり》生徒会長は宣言した。

「各自勉学に励み、生徒会として恥ずかしくない結果を残すように。ちなみに、この生徒会室は顧問に申請すれば自習に使用することができる。生徒会役員のささやかな特権だ」

生徒会室の隅に座っている顧問の荒草《あらくさ》先生が、「あまり来るなよ。めんどくさい」とダルそうに言う。荒草先生は生徒会室には最低限しか顔を見せない。『顧問は給料が出ないから嫌だ』だそうだ。その割には、

「ヘイ、アレクサ！　昼休みも来ていーい？」

「俺を探し出せたらな。それと、俺はアラクサだ」

という具合で、生徒（特に亜霜《あそう》先輩）からは親しみを込めて接されている。厳格な進学

校にあって、給料分しか仕事をしないという正直な態度がウケているのかもしれない。

「……ぬふっ♪　と来・れ・ばぁ〜……♪」

荒草先生から言質を取った亜霜先輩は、今日も今日とて応接セットのソファーでスマホをいじっている星辺《ほしべ》先輩のほうに向かい、すとんっとその隣に腰を下ろした。

「セーンパイ？　またテスト勉強、教えてほしいんですけどー♪」

肩を触れさせるようにして擦り寄る亜霜先輩に、星辺先輩はちらりと目をくれた後、

「あー？　前にやり方教えたろ。あれで充分」

いじっていたスマホを仕舞《しま》い、鞄《かばん》を肩にかけて、

「じゃあな。テスト頑張れよー」

あっさりと、生徒会室を出ていってしまった。

ソファーに一人残された亜霜先輩は、虚空に擦り寄った姿勢のまま、

「……少しは下心を持てぇ!!」

星辺先輩の巨体が消えたドアに、魂の叫びを放つのだった。

これでもめげないんだから、師匠は本当に師匠です。

明日葉院《あすはいん》さんが呆れた溜《た》め息《いき》をつく一方で、紅会長が亜霜師匠の肩にポンと手を置いた。

「ぼくが教えてやろうか、愛沙《あいさ》？」

亜霜先輩はぶすっとした顔で振り返る。

「イヤ。すずりんは頭良すぎて何言ってるかわかんない」

「前に教えたときは平均15点も上がったはずだけどね」

「はっきり言ってやろう！　いけ好かないからヤだ！」

　会長は苦笑して肩を竦《すく》めた。本当に頭のいい人は教えるのも上手《うま》いって言うもんなあ。

私はちょっと教えてもらおうかな。

　と考えていると、明日葉院さんがそわそわちらちらと、紅会長を見ているのに気付いた。

　私は微笑《ほほえ》ましくなって言う。

「明日葉院さん。教えてもらいたいならお願いすれば？」

「えっ⁉　……い、いえ、自分の力でやらなければ意味がありませんから」

　紅会長が振り返り、

「教えを請う力も実力の内だと思うけどね。見たまえ、愛沙なんてそれだけで生きている」

「誰が寄生するしか能のないラフレシア女だって⁉」

「普段、そんな風に言われているのかい？」

　それでも明日葉院さんは、大きな瞳を泳がせて迷っていた。けれど、それもやがて定まっていき、最後にぐっと瞼《まぶた》を閉じて、また開ける。

「……いえ。やっぱり、自分でやります」

　それから、対面に座る私をギラリとした眼光で見据えた。

「そして今度こそ……！　伊理戸さん――あなたの上に行きますから」

その瞳には、本気の闘志が輝いていた。絶対に負けられない。これだけは譲れない。そんな情熱が宿った瞳だった。

かつての私も、水斗《みずと》にこういう目を向けていたのだろう。

いつもなら、波風の立たない受け答えで流していた。だけど、これは明日葉院さんのプライドを賭けた戦いなのだ。そう思うと、適当な答えは口にできないと思った。

だから、私は初めて、彼女の闘志に正面から向き合う。

「うん。堂々と受けて立つわ」

伊理戸結女◆リモート勉強会

とは言ったものの、私には大きなアドバンテージがある。

そう――学年一位を争う相手が、一つ屋根の下にいるというアドバンテージが。

今までは意地を張り合って、それぞれ別個に勉強していた。東頭《ひがしら》さんや川波《かわなみ》くんに教えるときを除けば、一緒に勉強することなんてなかった。

でも、今は！

私は覚えている。付き合っているときに二人で開いた勉強会――あの甘い一時のことを。

教科書やノートを覗き込むのを建前にして、肩が触れ合ったり膝に手を乗せたり、ちょっとしたボディタッチを楽しむことができた、あの時間のことを！

　当然、成績は下がった。

　けれど、あのときの私と今の私は違う。あのときほど頭が茹《ゆ》だってはいないし、自分を制御する術《すべ》も知っている。今ならば！　学年一位を争う知能を効率的に結集させつつ、適度にイチャイチャすることができるはず！

――と、思っていたんだけど。

『うーっす。映ってるか？』

『映ってるよ。なんだ君、その髪型』

『うわ。なんかぺたんってなってますよ。古いヤンキーみたいでダサいですね』

『っせーな！　風呂上がりなんだよ！　ぺたんともなるわ！』

　小さなスマホの画面の中で、四つの顔がひしめき合っている。暁月《あかつき》さん、川波くん、東頭さん、そして水斗――見慣れたクールな顔が、四分割された画面の一つで、アイスを食べるときのスプーンみたいなサイズで動いているのだった。

　なぜ。

　同じ家の中で、なぜリモート。

　いや、わかってるの。お母さんたちの手前、夜はあまり部屋に行かないようにしてるって。それに、東頭さんや暁月さん、川波くんが参加するっていう時点で、水斗とイチャつくことなんてできやしないって。

でも！　すぐ隣の部屋にいるのに！　なんでこんな、小《ち》っちゃいサイズで！

パソコンかタブレットのどちらかが欲しいと、こんなに思ったのは初めてだった。

私は溜め息を堪《こら》えつつ、四分割画面のスマホに向かって、

「みんな、問題はなさそう？　……あれ？　暁月さん？」

普段、あれだけ騒がしい暁月さんが、なぜか静かだった。と思いきや、画面の中の暁月さんは、何かパクパクと口を動かしている。

「暁月さーん。声入ってない！」

オフモードなのか、髪を下ろしている暁月さんは困り眉になって首を傾《かし》げた。それから、おもむろに画面に向かって手を伸ばしてきて、直後、画面がぐちゃぐちゃに揺れ始める。

『おい振るな振るな！　昭和のババアかお前は！　……ったく、仕方ねーな。悪《わ》りぃ。ちょっと待っててくれ。オレ、あっち行ってくるわ』

川波くんがそう言って、画面を消した。三分割になって、三人の顔が少し大きくなる。

『隣同士に住んでるんでしたっけ？　こんな夜更けにこうもあっさり女子の家に行けるなんて、チャラ男の本領発揮ですね』

『気が休まらなそうで同情するよ』

「……それはどういう意味かしら？　すぐ隣の部屋にいる水斗くん」

『いろいろな意味だ』

んぐ〜っ……！　気が休まらないのはどっちだと思って！

……って、ちょっと待てよ？　もし私が今、機材トラブルのフリをすれば、水斗もこっちの部屋に来ざるを得なくなるのでは……。

私の目はマイクミュートのボタンに惹《ひ》きつけられた。これを……これを押せば……！

指が禁断のボタンに触れようとしたそのとき、暁月さんの画面に横から川波くんが入り込んでくる。

『……いやお前、マイクミュートになってるだけじゃねーか』

『あ、ホントだ』

『ポンコツがよー。んな初歩的なミス、すぐに気付けよな。勉強道具一式持ってきちまったじゃん』

『はいはい悪うございましたぁー！　めんどくさいならここで勉強すればいいじゃん。空《あ》いてるよ？　床が』

『全然余裕でスペースあるだろうが、このテーブル！』

おらっ、と暁月さんが川波くんを画角の外に蹴り出して、改めて画面に顔を近付ける。

『ごめんねー、お騒がせしましたっ！』

『結局、南《みなみ》さんはチャラ男さんと一緒なんですね……。心の底からお願いしますけど、わたしたちのことを忘れておっ始めないでくださいね』

『んー？　始めるって何を？』

『何ってナニを――』

『な・に・を？』

『……す、すいませんでした……』

暁月さんの圧に、東頭さんの下ネタが負けた。……同じ杞憂《きゆう》を、私もちょこっとしてただなんて言えない……。

『それより結女ちゃん！　今日は眼鏡なんだねっ！』

「えっ？　あ、うん……。普段はコンタクトだけど、家で勉強のときは」

『可愛《かわい》いーっ！　オフモードって感じ！』

「暁月さんも、髪下ろしたのも似合ってるわ。清楚《せいそ》な感じ」

『あはは！　ありがとーっ！』

私たちが褒め合う横で、水斗がくあっと小さく欠伸《あくび》をした。

『そういえば、水斗君も眼鏡なんですね』

と、東頭さん。その通り、画面の中の水斗は眼鏡をかけていた。

水斗は欠伸していた口を閉じて、

『ブルーライトカットだよ。パソコンを使うときは着けるようにしてる』

『ふぇ～……。似合いますね。スクショ撮ってもいいですか？』

『ダメだ』

『なんでですか！　カッコ可愛いのに！』

『なんかキショい』

そのとき、ちらりと水斗の目線が動いた気がした。目は合わなかったけど、もしかすると、画面に映った私の顔を見たのかもしれない。

き、キショいって……。確かに、かつてあなたに眼鏡をかけさせて写真を撮りまくっていた私は、我ながらキショかったけど！　しょうがないじゃない！　あなたがカッコいいのが悪いんでしょ⁉（キショい）

「……いつまでも喋《しゃべ》ってないで、そろそろ始めましょうか、勉強会」

過去の己のキショさから目を逸《そ》らすように、私は言った。

「疲れたらいつでも抜けていいからね。お互いに緩く監視する感じでやりましょう」

『オッケー！　あ、そうだ。途中で麻希《まき》ちゃんと奈須華《なすか》ちゃんも合流するかもってさ。だから川波、あんたは画面に入ってこないように！』

『あ？　なんでだよ』

『あんたが隣に住んでること、あの二人にはまだ言ってないの！　鈍感か！』

『痛《い》てえっての！　蹴るな！』

画面外から川波くんの文句が飛んでくる一方で、東頭さんがげんなりとしていた。

『はあ〜……画面越しに人がイチャついてるのを見ると、独り身が身に沁《し》みます……』

本当よ。私もできれば水斗と同じ部屋がいいのに、暁月さんだけズルい！

『水斗君。今度お泊まりしに行ってもいいですか？』

『ダメだ』

『うわーん！　なんでまたー！』

『ワンチャン狙ってそうな感じがしてキショい』

『理由が詳細になりました……』

東頭さんの影で、私は沈黙した。ワンチャン狙っててごめんなさい。

伊理戸水斗◆数々の経験が彼を育てた

『ふにゃ……』

五分割されたパソコンの画面の一つで、いさながこっくりこっくりと船を漕《こ》いでいた。

それに気付いた僕は、数学の教科書から顔を上げて、

「いさな」

『ふぁっ……？　起きてまふ……はふー』

「眠いなら寝てもいいぞ。無理して勉強したって、どうせ頭に入らない」

『んにゅにゅ……』

返ってくる答えすら意味のわからない鳴き声だった。これは本当に限界だな。

『うっほー、やっさしーじゃーん♪』

茶々を入れてきたのは、途中参加してきた結女の友達の……えーと、そう、坂水《さかみず》麻希だ。まだ覚えてるぞ。

ショートカットの快活そうな女子は、頬杖《ほおづえ》を突いてシャーペンをくるくる回しながら、

『伊理戸弟ってさー、いっつもツーンとしてるから、もっと冷たい感じなのかと思ってたらさー、意外と優しいとこあるよねー。特に東頭さんには♪』

「そいつがひ弱だから過保護気味になるだけだよ。あと弟じゃない」

『誕生日が伊理戸ちゃんと同じなんやって？　偶然は重なるもんやなあ』

のんびりと言いながら、あふ、と小さく欠伸するボブカット女子は……えーと、金井《かない》……あ、そうだそうだ、金井奈須華だ。覚えてる覚えてる。

彼女はただでさえ眠そうな形の目を尚更《なおさら》眠そうに指で擦《こす》って、

『あかんわ〜……。ウチも限界かもしらん。そろそろ寝よかなぁ』

『えー？　じゃあわたしも今日はこのくらいにしとこっかな。まだ一週間もあるし！』

んーっ！　と伸びをする坂水。結女が苦笑いをして、

『そう言ってるうちにすぐ時間なくなるわよ。明日も集合ね』

『へいへーい。りょうかーい』

そういう流れで、坂水と金井の画面が消える。

一方で、いさなはすでにカメラの前で机に突っ伏していた。

「いさな。そこで寝るな。ベッド行け」

『みゃーい……』

『東頭さーん？　……ダメだ、聞こえてない』

ったく、仕方ないな……。僕はいったんマイクをミュートにすると、スマホを手に取っていさなのスマホをコールした。

画面の中で、いさなが半ば自動的な仕草で横に手を伸ばし、スマホを耳に当てる。

『ふぁい……もひもひ……』

「（――ちゃんとベッドで寝ないなら、何をされても文句は言えないよな？）」

『ふぁひッ⁉』

低い声で囁《ささや》いた途端、いさなはびくんっと顔を上げた。

「（いい子だ。そのまま画面を落として、ベッドのほうに行くんだ）」

『は、はい……。わ、わかりましちゃ……』

寝惚《ねぼ》けたような調子のまま、いさなの画面が消える。

それから、僕はスマホ越しに告げた。

「（おやすみ）」

『はうあっ――』

プチッ。通話終了。

「これでよし」

『何を言ったのよ……』

恐れ半分、呆《あき》れ半分の目で結女が言う。別に。寝ろって言っただけだろ。

南さんが両手に顎を乗せてジト目を送ってくる。

『伊理戸くんってさあ、どんどん女誑《おんなたら》しになってない？　東頭さんがチョロすぎるせいで』

「あいつにしか効かないことくらい、僕にもわかってるよ。でも、基本予測不可能なあいつの行動を制御するには、このくらいしか方法がないんだ」

あとなんか喜ぶし。

『あの女にエサを与えるんじゃねーよ、伊理戸！』

南さんの横からぬっと出てきたのは、坂水と金井の前では鳴りを潜めていた川波だった。

『あいつ、どんどん調子に乗んぞ！　そのうち付き合ってもねーのに彼女面し始めんぞ！』

「それはもうすでに結構してると思うが――いいんだよ。いさなは冗談と本気の区別がつかない奴《やつ》じゃない。周りが勘違いしても、僕たちがわかってるなら問題はない」

『そういうもんかなぁ……』

と憂いを帯びた口調で呟《つぶや》きながら、南さんはぐいっと川波の顔を押し戻した。

『結女ちゃん的にはどう？　東頭さんと友達になってから、なんか変わった感じしない？』

『えっ？　……うーん……。どうかしら。そんなに変わってないような気も……』

『えー？　最初から今みたいな女誑しだったってこと？』

結女はチラッと、おそらくは僕の顔が映った画面を見て、

『……そうかもね』

訳知り風に言うじゃないか。

中学のときだって、別に君を誑したつもりはないぞ。君が勝手に盛り上がっただけで。

……そうじゃなければ、今、こうしてあれこれと迷ったりはしない。

『おっ？　なら聞かせてくれよ、伊理戸さん！　一体どんな女誑しエピソードが――』

『はいはい！　今日はこれで解散！　私、お風呂入りたいから！　じゃあね！』

『あっ、逃げた』

結女の画面が消えた。すると、川波は今度は僕に、

『なら伊理戸！　あんたにもなんか心当たり――』

「じゃあな」

『あっ、おい――』

通話から抜ける。……藪蛇《やぶへび》って言葉を知らないのか、あのデバガメは。

伊理戸水斗◆好きな人っていうのは、きっと

リモート勉強会がお開きになった後、僕は教科書を持ってリビングに降りた。今日、読み込んでおく分がまだ済んでなかったので、少し休憩を入れて続きをしようと思ったのだ。

電気ケトルでお湯を沸かし、ティーバッグで紅茶を淹《い》れる。夜にお茶を飲んだら寝れなくなるらしいが、僕は元々夜型なこともあり、あまりカフェインに苦しんだことがない。

ソファーに座って、熱い紅茶に口をつけ、少しばかり、脳が再起動するのを待つ。それから改めて教科書を開いた。

そして数分――一ページをめくった辺りで、リビングのドアが開く。

「あ。いたんだ」

パジャマ姿の結女だった。リモート勉強会でかけていた眼鏡はなく、髪を二つ結びにして肩から前に垂らしている。

「ああ……」

と答えると、結女はキッチンのほうに足を向けながら、

「お風呂は？」

「もう少ししたら入る」

「ん」

コップに水を注ぐ音を背中に聞きながら、教科書の文章に集中する。

程なく、コトン、とコップを置く音がした。それから、足音がゆっくりと近付いてくる。

「ねえ」

呼びかけられて、僕はようやく顔を上げた。

結女はソファーの背もたれに身を乗り出して、横から僕の顔を覗《のぞ》き込んでいた。

「少し……ここで、一緒に勉強しても、いい？」

瞬間、僕の脳には様々な解釈が駆け巡る。

真っ先に浮かび上がったのは、何かテスト勉強で訊《き》きたいことがある、という説。

次に浮かび上がったのは、お開きになったリモート勉強会の続きをしたい、という説。

そしてそして、最後の最後に浮かび上がったのが、もっと単純に、シンプルに、理由もなく必要もなく、ただただ欲求として、僕と一緒にいたい、という——

「……べつにいいけど」

大量の思考が、その七文字に結実した。

我ながら、誤魔化《ごまか》すことだけは本当に上手《うま》い。

結女はほっとしたように口元を緩めて、

「教科書取ってくる」

小走りでリビングを出て、階段を上っていくと、すぐに戻ってきて、僕の隣に座り、教科書や筆記用具をテーブルに広げた。

そうして、勉強会の続きが始まる。

さっきのみたいに賑《にぎ》やかじゃない。僕はただ教科書を読むだけ。結女はただノートで問題を解くだけ。特に質問も会話もない。シャーペンが走る音、教科書をめくる音、時計の針が進む音、それだけが静かなリビングに漂っていく。

僕はときどき、ノートに向かう結女の横顔を、ちらりと覗き見た。

一学期の中間のときのような、どこか鬼気迫る様子はすでにない。落ち着いた顔で、けれど真剣に、問題と向き合っている。

――好きな人っていうのは、きっと、一番たくさん横顔を見た人のことなんだと、思います

いさなの言葉が、脳裏に過《よ》ぎった。

こうもシンプルに定義づけをされるとどうしようもなく、今、自分がしていることの意味を意識してしまう。ただ横顔を見ているだけなのに、恥ずかしいことをしているような気がして――視線を逸《そ》らしたくなるのに、気付けばまた見ている。

まあ、そういうことなんだろう。

業腹ながら。

……ああ、くそ。不本意ながら。こんな内心でさえ、みっともない誤魔化しだって、わかりやすくなってしまった。

僕は強く意思を持って、教科書に目を戻す。今はまだ、うつつを抜かしていいときじゃない。無事に中間テストを終えた後——十一月に入ってすぐに、時は来る。

やがて、時計の短針が12を指した。そろそろ風呂に入らないと冷めるな——。そう思って教科書を閉じようとしたとき、結女がこっちを見ているのに気付いた。

「……どうした？」

「あ、いや……」

結女はちらちらとこちらの顔を窺いながら、

「あなたって……勉強のときも読書のときも、同じ顔してるんだな……って、思って」

――好きな人っていうのは、きっと
なぜだかまた、いさなの言葉が蘇《よみがえ》る。

その理由を、解釈を、頭の中で連ねようとして、すぐにやめる。

安易にその先に進んでしまうと、痛い目を見るような気がして。

「……本を読んでるのには、変わらないからな」

そんな、面白みのない答えを口にした。

そして、風呂入ってくる、と一言告げて、リビングを後にする。

……僕は、怯《おび》えているのだろうか？

当たり前か。

何せ、今度は失敗できない。

伊理戸結女◆それしかないという生き方

夜な夜な開催されるようになったリモート勉強会は、思ったよりずっといい効果を生んでいた。

リモートっていうのがいい。実際に集まったら結局遊んじゃって集中できなかったりするけど、通話アプリ越しだとできることも限られるし、何より最大の集中力阻害アイテムであるスマホがビデオ通話で塞がっている。私的には大成功だった。

そんな感じで順調にテスト週間を過ごしていたある日、放課後にちょっと自習していこうと生徒会室に寄ると、先客が二人いた。

「お疲れ様でーす……」

控えめに挨拶するけど、先客たちから返事はない。

それも当然の話で、両方とも眠っている様子なのだ。

二人のうち、一人は星辺先輩。今日も今日とて応接用のソファーに仰向《あおむ》けになって、顔には開いた教科書を被《かぶ》せている。

もう一人は、私にとっては意外だった。

明日葉院さんが、会議机に顔を突っ伏して、居眠りしていたのだ。

私は抜き足差し足で近付いて、明日葉院さんの顔を覗き込んだ。開いたノートに頰《ほ》っぺたをくっつけて、すやすやと健やかに寝入っている。元々整った顔立ちをしているから、子猫のように可愛《かわい》らしい寝顔だった。

右手にはシャーペンが握られたままだった。自習をしていて、そのまま眠ってしまったらしい。

疲れてるんだろうな……。テスト週間で生徒会活動が休止になって以来、明日葉院さんとは会う頻度が減っていた。けれど、たまに廊下ですれ違ったりすると、一瞬でもわかるくらい疲れた顔をしているときがあるのだ。

根を詰めすぎているのかもしれない。今回のテストにはずいぶんと気合いを入れていたみたいだし——本当に、以前の私を見ているみたいだ。

私は隣の資料室から、星辺先輩が持ち込んだブランケットを持ってきて、そっと明日葉院さんの肩に掛けた。

しばらく寝かせてあげよう。

それから、私は静かに息を潜めて、自分の勉強を始めた。

……二〇分ほどした頃だろうか。もぞり、と明日葉院さんの肩が動いた。

「ん、……」

明日葉院さんがゆっくりと起き上がると、肩からぱさりとブランケットがずり落ちる。

彼女はしばらくの間、茫漠《ぼうばく》とした目で床に落ちたブランケットを見下ろしていた。

「おはよう」

私が声をかけると、明日葉院さんは徐々に瞳に意思を取り戻し、ハッとなって枕にしていたノートを見る。

「わ、わたし……！　もしかして、寝てました⁉」

「うん。ぐっすりね」

「ああ……」

童顔を悔恨に歪《ゆが》めて、明日葉院さんは足元のブランケットを拾う。

「これは、あなたが……？」

「うん。疲れてそうだから、寝かせてあげようと思って」

「……ありがとうございます。でも……できれば、起こしてほしかったです」

明日葉院さんは時計を見上げて、口惜しそうな顔をする。

「ほんの二〇分くらいよ？　少なくとも、私が来てからは」

「わたしにとっては値千金なんです。あなたを超えて、首席になるためには……どれだけ時間があっても、足りないんですから」

その気持ちはわかる。一学期の中間のとき、学年首席を維持しなきゃって追いつめられていたときの私も、同じように足りない足りないと急《せ》き立てられて、睡眠時間を削っていた……。

けど、私がまるで自分の命であるかのように拘《こだわ》っていた立場は、実は私が思うほど重要じゃなかった。水斗は私から首席を奪うことで、それを教えてくれたのだ……。

「ねえ、明日葉院さん……どうしてそこまでして、私に勝ちたいの？」

あのときの私を思わせる彼女に、そう訊かずにはいられなかった。

私は、学年首席の優等生、というキャラクターを守るために、一位に拘った。だったら、明日葉院さんは何のために、一位を目指しているんだろう？

「それしかないからです」

明日葉院さんはシャーペンを握り直し、教科書をめくりながら、強い語調で答える。

「わたしは……昔から、身体《からだ》が小さくて、喧嘩《けんか》も弱くて。だから、『淫乱』なんて言ってわたしの名前を馬鹿にする男子たちにも、ろくに仕返しできませんでした……。だから、勉強しかなかったんです。あいつらを見返してやるには、勉強くらいしか……」

語る間も、明日葉院さんの手は止まらない。そうするのが当たり前のように。

「その甲斐《かい》あって１００点を取っても、男子たちは足が速かったりゲームが上手かったりする人ばかりを褒めて、わたしのことはガリ勉だって言いました。すごく悔しかったのを、今でも覚えています」

「だから、今も勉強を頑張ってるの？　その人たちを見返すために？」

「……いえ……自分でも、よくわかりません」

けど、とぽつりと、明日葉院さんは続けた。

「わたしは……めげませんでした。それしかないと思って、１００点を取り続けました」

「……どうしてそんなに頑張れたの？　認めさせたい人たちに相手にしてもらえなくて、それで、どうして……」

「いえ——そういえば、一度だけ、ありました」

抑えた語調だったけど、その声には芯のようなものがあった。

「何度目かの１００点を取ったとき……男子の一人が、言ってたことが……あった気がします」

「なんて？」

「詳しくは覚えていませんが……確か、『すげ〜』って」

『気がする』とか、『確か』とか、あやふやな言い回しは、きっと全部誤魔化し。

力強くも、感動的でもない、本当に何気ないその言葉を覚えていることがその証明——

言った本人は覚えていなくても、言われた人間には深く刻まれる類の言葉。

ふとした呟《つぶや》きであれ、そのたった一言に、明日葉院さんは救われたんだろう——そのときのことを忘れられなくて、勉強を続けているんだろう……。

「……とにかく、それだけがわたしにとって、周りと戦う方法なんです。勉強で一番を取り続けることだけが……」

そして、明日葉院さんはついに顔を上げて、私を見つめる。

「そんなわたしの前に——あなたが現れたんですよ、伊理戸さん」

その瞳の迫力に、私は圧倒された。

入試で一位を取り、入学式で新入生代表の挨拶を読んだとき、私は講堂に居並んだ顔の区別なんてついていなかった。かろうじて水斗やお母さん、峰秋《みねあき》おじさんの顔を判別できた程度だ。

あのとき、私が十把《じっぱ》一絡《ひとから》げにしていた顔の中に、彼女がいた。

自分の道を阻む不倶戴天《ふぐたいてん》の敵として、私を見上げていたのだ。

「——くだらねえな」

不意に声が割り込んできたかと思うと、ソファーでのっそりと星辺先輩が起き上がった。

起きてたんだ。くあ、と欠伸《あくび》をしながら、星辺先輩はソファーの背もたれで頬杖《ほおづえ》を突き、明日葉院さんのほうを見やった。

「自分には勉強しかない？　まったくもってくだらねえ——人間はそんなに単純なもんじゃあねえだろうよ」

　明日葉院さんの眉がぴくりと動き、シャーペンを動かす手が止まる。

　小さな身体に見合わない怒気が溢《あふ》れて、私は身を固くした。そのせいで止める間もなく、明日葉院さんは振り返る。

「わたしの生き方を、勝手に批評しないでくれますか、先輩。そういう人間もいるんです。あなたにはわからないというだけで」

「そういう人間はいねえんだよ。お前にはわかんねえってだけでな——学校の勉強なんざ、学生にしかできねえじゃねえか。一生留年するつもりか？」

「揚げ足を取らないでください！　わたしが言いたいのは、たった一つを突き詰めることでしか生きられない人間がいるってことなんです！」

「そのためならどんな犠牲を払ってもいいってか？　あーあー、まるで主人公だなあオイ」

　明日葉院さんの剣幕《けんまく》とは対照的に、星辺先輩は飄々《ひょうひょう》としたものだった。

　もはや顔も見てないし、それどころか、スマホを取り出していじり始めさえする。

「お前よ……んな生き方してたら、いつか死ぬぞ」

「人はみんな、いつかは死ぬものでしょう……！」

「わかってねえな。わかってねえよ。ま、たかだか高三の小僧が言うことじゃあねえんだろうがな——無理して死ぬくらいなら、無理せず生きるほうがずっといいって、おれは思うぜ」

星辺先輩は決して、明日葉院さんを無視はしていなかった。

態度はアレだけど、その言葉は、明日葉院さんの身を案じたものであるように、私には感じられた。

けれど、ヒートアップした明日葉院さんに、その意図は届かない。

「先輩はっ……！　昼寝ばかりで、大した努力もしないで、簡単に推薦を決めてしまうような人だから！　わたしみたいにっ、必死にならないといけない人間のことはっ……わからないんですよっ!!」

そう叫ぶと、明日葉院さんは荒々しい手つきでノートと教科書を鞄《かばん》に詰め込んだ。

「明日葉院さん！」

私は呼び止めたけど、鞄を肩にかけた明日葉院さんは、早足で生徒会室を出ていってしまった。

私は溜《た》め息《いき》をついて、暇そうにスマホをいじっている星辺先輩を見やる。

「先輩……明日葉院さんを心配したのはわかりますけど、あんな言い方しなくても……」

星辺先輩は、ぽりぽりと軽く頭を掻《か》いて、

「やっぱり、マズかったか？」

「マズかったと思います。亜霜先輩に女子の扱い方を教えてもらってください」

「そりゃあ重いお仕置きだな……」

　ふうと息をついて、星辺先輩は天井を見上げた。

「悪かったな、伊理戸。柄にもなく、少し熱くなった」

「全然そうは見えませんでしたけど……。どうしてそんなに？」

「ん……そうだな……」

　間を取るように呟いて、星辺先輩は背もたれに乗せた手を、開いたり閉じたりした。

「実はおれな、右腕が肩から上に上がらねえんだ」

「え？」

「そう言ったら、わかるか？」

　星辺先輩はこっちを見なかった。その表情にも、何も映ることはなかった。

　だけど、わかった気がした。

　いつも飄々として摑《つか》みどころがなく、居眠りばかりでやる気がない。けれど紅会長も亜霜先輩も敬意を払い、体格も何かやっていたかのようにがっしりしている。

　そんな先輩のことが――少しだけ、わかった気がした。

「明日葉院のことは、お前が見ててやってくれ、伊理戸」

「私が……？」

「どんな金言も、然《しか》るべき奴《やつ》の口からじゃなけりゃ、響かねえもんさ」

そしてようやく、星辺先輩は一瞬だけ、私の顔を見たのだった。

伊理戸結女◆きっとあなたが見守っているから

「結女ー、水斗くーん、わたしたちはもう寝るからー」

「二人とも、あまり無理はするなよー」

「はーい！」

お母さんと峰秋おじさんが、リビングから自分たちの部屋に引っ込んでいく。隣の水斗は教科書に目を落としながら、二人に向かって軽く手を挙げた。

毎夜のリモート勉強会が終わった後、私と水斗はどちらともなくリビングに集まって、それぞれに勉強をするようになった。

夜中にどちらかの部屋に集まれば妙な勘繰りを生んでしまう可能性がある。けど、リビングならお母さんたちの目も届くし、勉強していれば余計な心配をさせることもない。別に水斗と相談したわけではないけれど、まるで抜け道を通るようにして、私たちは夜を一緒に過ごしていた。

一学期までの私なら、きっと気が気でなくて、勉強どころじゃなかったんだろうけど。

今の私は、すぐ隣に水斗の気配があっても必要以上に意識することもなくて——むしろ安心するような、落ち着いた気分になれていた。

　以前に比べると、ずいぶんと気楽に机に向かうことができている。そのおかげか、勉強の進捗も前より良好だった。

……明日葉院さんは、今日も無理して勉強に打ち込んでいるのだろうか。

どんな金言も、然るべき人の口からでなければ響かない——星辺先輩は、私に向けてそう言った。確かに私自身、彼女のように無理をして勉強した一学期の中間テストでは、水斗に負けて学年二位に陥落した。その後、首席を取り返した期末テストでは、中間のときほど根を詰めてはいなかった。

だからって、私みたいに気楽にやれ——なんて言っても、上から目線のアドバイスにしかならないし……。

私に何ができるんだろう？

努力に取り憑《つ》かれている彼女に、同じ手段で今の自分を作り上げた私から、何を……？

「——手」

不意に、水斗が言った。

「止まってるぞ」

「え？　……あ」

考えているうちに、自分の勉強の手が止まっていたみたいだ。

水斗は教科書から私の顔に視線を移し、

「何かあったか」

「ん……いや、別に、私は特に、何もないんだけど」

「生徒会か」

なんでわかるんだろ。……水斗の目が届かない範囲のことなら、自然と絞られるか。

「うん……。生徒会の子のことで、ちょっとね」

「他人の心配をする余裕ができたか。結構なことだな」

「おかげさまでね」

くすりと笑って返しつつ、もしかして、と思った。

理由はない。態度で示されたわけでもない。

けど――もしかして、相談するのを待ってくれてるんじゃないかって、そう思った。

「……もし、あなたにも余裕があるならでいいんだけど」

「君の五倍は余裕だよ」

「話してもいい？　……今、ちょっとだけ悩んでること」

無言で、水斗は教科書に目を戻した。話を聞く程度のことなら勉強しながらでもできる。

そういう答えだと、私は解釈した。

搔《か》い摘《つま》んで、私は話した。今日、生徒会室で起きたこと。明日葉院さんの状態と、それに対する星辺先輩の意見を。

すべてを話し終えると、水斗は教科書から目を上げないまま、簡潔に言う。

「僕は、その元会長の意見に賛成だ。無理して死ぬくらいなら無理せず生きるほうがいい。けだし至言だと思うよ」

「うん……。私も、正論だとは思うんだけど」

「何かを拠《よ》り所《どころ》にするってことは、それがなくなったときに踏ん張りが利かなくなるってことだろう。一学期のときの君が危うかったみたいにな。それは、あまりバランスのいい生き方だとは思わない」

あのときの私は、水斗に負けることで、別に首席じゃなくても友達は離れていかないってことに、気付くことができた。たった一つの足場に縋《すが》りついていた状態から、他にも歩ける地面はいくらでもあるってことを、見つけることができたのだ。

でも——

「——でも、それは効率の話だ。情熱を持った人間には通じない。ゲーム動画についた指示コメントみたいにしか聞こえないんじゃないか？」

「そう……よね。本当に。正論って……いくら正しくても、響かないときは響かないもの」

「思い出すよ。受験先を決めたときのこと。進学実績がない上に特待生狙いだったもんだから、担任が歯に物が挟まったような言い方で考え直させようとしてきてさ」

「あ！　それ私も！　『知るかーっ！』って思った。だって、洛楼《らくろう》にでも行かないと、あなたと同じ高校になっちゃうと思ったし」

「合格が決まった後の手のひらの返しっぷり、響かないったらなかったな」

くく、と水斗が小さく笑う。あのときは、結局水斗と同じ高校になっちゃったのがわかって、だいぶ絶望的な気分だったけど、今では笑い話だ。

「あのときに思ったよ。いつだって成功を確信してるのは本人だけで、周りは失敗ばかり心配する。どちらが正しかったのかなんて、蓋を開けてみなければわからないんだ。拠り所にしたものがなくなって、めげるかもしれないし、めげないかもしれない。たまたまその子が、めげるということを知らない頭のバグった人間だって可能性も否定できない」

「頭のバグった人間って……そんな人、会ったことあるの？」

「東頭いさな」

……あー。納得してしまった。水斗にフラれても全然めげなかったしね、あの子……。

「結局……人それぞれってことなのかな」

人の生き方はそれぞれで、みんな違って、みんな良くて——だから、口出しできない？

「それって、何だか……寂しい気がする」

他人と理解し合うことはできないんだって、言われてるみたい。

どんなに通じ合えた気がしても、結局は人それぞれで、みんな違うから、根本的なところではわかり合えないんだって……そう言われてるみたい。

水斗はしばらく黙ったかと思うと、おもむろに私のノートを指差した。

「だったら、とりあえず勉強しとけ」

「え？」

「蓋を開けてみればいい。全力で。どちらが正しかったのか……それでわかる」

水斗らしからぬ、シンプルな答えだった。

いや……むしろ、水斗らしいのかもしれない。

勝ったほうが正しい——なんて、シンプルな答えを導き出すのに、これだけの理屈を費やしたのは。

明日葉院さんはきっと、私に勝つことでしか、自分の正しさを証明できないんだ。

だったらそれを、阻んで、阻んで、阻んで——いつかめげかけて、自分のやり方を振り返ったとき、ようやく言葉が届くようになるのかもしれない。

それまでは友達として、ただ見守るだけ。

歯痒《はがゆ》いようだけど……人の生き方にできることなんて、そのくらいしかないのかもしれない。

「もしキツそうだったら言え。僕が代わりに、首席を守っておいてやるよ」

憎たらしい言葉に、私は全力で煽《あお》り返す。

「気を遣わなくていいわ。あなた、二位のほうが居心地良さそうだし」

「ふん」

前よりも、そばにいて安心できる理由がわかった気がした。

私が明日葉院さんを見守るように――きっと彼が、私を見守ってくれているから。

伊理戸結女◆生き方の学び方

かくして、二学期中間テストが実施された。

結論から言えば、二日間にわたるテストを、私は上々の手応えで乗り切ることができた。

水斗のほうはよくわからなかったけど、リモート勉強会のメンバーもそれぞれ、絶望的な顔はしていなかったから、たぶん大丈夫だろう。

問題は明日葉院さんだ。

中間テストが全教科終わった後、私は久しぶりにフルメンバーが集結した生徒会室で、あのときぶりに明日葉院さんと顔を合わせた。

「会心です」

小さな身体《からだ》で大きな胸を張り、明日葉院さんは自信に満ちた笑みで私を見上げた。

「今回は今までで一番の手応えです。わからない問題を探すほうが難しいくらいでした。伊理戸さん——あなたの天下もこれまでのようですね」

見事な自信家っぷりに、聞いていた亜霜先輩が言った。

「負ける奴の台詞《せりふ》で草」

「先輩！　フィクションと現実を一緒にしないでくださいっ！」

「だってぇー」

子供のように言いながら、亜霜先輩はコンビニのプリンをぱくぱく食べていた。テストが終わったから自分へのご褒美らしい。

私は輝くような自信を秘めた表情を見返して、

「そこまで自信があるなら、何か賭けましょうか」

案じていた一計を披露することにした。

明日葉院さんは戸惑いもせず、ふんっと鼻息を荒くする。

「いいですよ？　もしわたしが負けたら何でもしてあげようじゃないですか！」

「ん？　何でもって言った⁉」

「愛沙。空気空気」

身を乗り出した亜霜先輩を、紅会長が引き取っていく。

「その代わり、伊理戸さん、あなたが負けたら何をしてくれるんですか？」

「そうね……。ノートと教科書を見せるっていうのはどう？　結構参考になると思うけど」

「……なるほど。手の内を晒《さら》すというわけですか。いいでしょう。敵とはいえ、学ぶべき部分があるかもしれませんからね。それでは、負けたほうはノートと教科書を見せる、ということでよろしいですか？」

「ううん。私が勝った場合は、明日葉院さん——あなたには毎日八時間、きっちり眠ってもらうわ」

告げた瞬間、沈黙が生徒会室を支配した。

亜霜先輩がきょとんと首を傾《かし》げる。

「……え？　それだけ？　普通じゃん」

そう。普通だ。

普通なら。

「なっ——なんということを!!」

明日葉院さんは一歩後ずさり、恐ろしいものを見る目でわたしを睨《にら》みつけた。

「八時間なんて……！　時間がもったいないじゃないですか！　わたしから勉強時間を奪う気ですね!?　それで自分の順位を盤石にしようだなんて……！　姑息《こそく》！　あまりにも姑息です！」

「は？　……いや、ちょっと待って？　ランラン、あんた、普段何時間寝てんの？」

「四時間程度です！」

堂々とした答えに、亜霜先輩はあんぐりと口を開けた。

「四時間？　毎日？　マジで？　あんた死ぬよ⁉」

「ご心配には及びません。わたし、ショートスリーパーですので」

……どうかなあ。

本物のショートスリーパーは、居眠りなんかするのかなあ。

ともあれ、私はヒールに徹する。

「そういうことよ。次のテストまでの間だけでいいわ。そのとき、また賭けをして、また私が勝ったら、さらに次のテストまでの間、睡眠時間八時間で過ごしてもらう。毎日四時間も勉強時間を失うことになるのよ。これで私の首席卒業は決まったようなものね！」

「……同じことです。どうせわたしが勝つのですから。その卑怯《ひきょう》な計画が結実することはありません。今のうちに、わたしに捧《ささ》げるノートを準備しておくんですね！」

私が一位だった。

「……くぅ、……くぅ、……ん～……」

中間テストの順位発表があった日の放課後——生徒会室のソファーですやすやと眠る明

日葉院さんを、私、亜霜先輩、紅会長で覗《のぞ》き込む。

可愛《かわい》らしい寝顔を、亜霜先輩がぷにぷにとつつきつつ、

「いや〜、ビビったぁ〜……。順位表見た瞬間倒れるもんだから、気絶したのかと思った」

「張っていた糸が切れたのかもね。疲れが一気に出たんだろうさ」

そう言って、紅会長は静かに明日葉院さんにブランケットを掛ける。

順位は私が一位、水斗が二位、明日葉院さんはまた三位。二位と三位の間には総合点数に10点ほどの開きがあり、偶然で済ますことはできないだろう。

水斗曰《いわ》く――『睡眠不足なんて、脳に枷《かせ》を掛けているようなもの』だそうだ。

まったくもって。自分から能力を縛っている人になんて、私たちが負けるはずがない。

「毎日ちゃんと八時間。守ってくれるといいんですけど……」

「守るさ。なあ、ジョー？」

会長が水を向けると、羽場《はば》先輩が会議机からこちらを見て肯《うなず》きかける。

いつも背景に徹して、口を開くことも稀《まれ》な羽場先輩だけど、無理をしている様子の明日葉院さんを気に掛けていたのかもしれない。会長曰く、誰よりも細かく人のことを見ている……らしいし。

「ランランの背が小さいのって、睡眠時間が短かったせいじゃないの？　ほら、寝る子は育つって言うし」

「なるほど。そういう考えもあるね。……ということは、ぼくの背がいまいち伸びないのもそのせいかな。こいつは困った」

「え？……会長、普段何時間寝てるんですか？」

「三時間だよ。ショートスリーパーなんだ」

けろりと言った紅会長に、私と亜霜先輩は冷たい目を向けた。その顔に疲れの色は一切なく、むしろ常人よりも健康かもしれない。ナポレオンなの？

水斗の言う通り、いるところにはいるのだ。頭のバグった人間が。

……けれど、自分もそうだと根拠なく勘違いしてしまったら、むやみに命を削ることになってしまう。生き方は人それぞれ——だけど、身体はその意思に忖度《そんたく》してはくれないのだ。

「……お。なんだ、今日は埋まってんのか」

ぐっすり寝ている明日葉院さんを、三人で眺めて愛《め》でていると、星辺先輩がやってきた。いつも寝床にしているソファーで後輩がすやすやしているのを見て、少しばつが悪そうな顔をしつつも、安堵《あんど》が混じった息をつく。

「ちゃんとやったんだな、伊理戸」

「どうでしょう。先輩の言葉が響くかどうかは、明日葉院さん自身によると思います」

「そうか。……そうだな」

そもそも、星辺先輩は『見ててやれ』と言った。その通り、私は見ていることにしただけだ。

「あっれぇ〜？」

私たちのやり取りを聞いて、亜霜先輩がにまにま笑いながら星辺先輩に擦り寄る。

「もしかして、また出ちゃった感じですかぁ？　センパイのお節介が！　どうせランランを怒らせちゃったんでしょ〜。口下手なくせに、後輩思いなんだからなぁ、センパイは！」

「うっぜえなあ……！　たまにはお節介でも焼かねえと、本当にただ邪魔にしに来てるOBになっちまうだろが！」

「その通りですが？」

「違うと思ってたんですか、センパイ？」

「少しは気を遣え、二年ども！」

理不尽な先輩然と毒づきながら、星辺先輩はずんずんと入ってきて、ソファーの前のテーブルに紙袋を置いた。

「これは？」

と私が訊《き》くと、星辺先輩は気まずそうに目を逸《そ》らし、

「……不躾《ぶしつけ》なことを言った詫《わ》びだ。明日葉院に渡しといてやってくれ」

「え〜？　中身はなんなんですか、センパイ？」

「どら焼き。餡子《あんこ》が嫌いな奴《やつ》はいねえだろ」

「……いや、そうでもないですよ、センパイ？」

「あ？　嘘《うそ》だろ？」

「言いにくいんですけど、ウチの義理の弟は餡子あんまり食べません……」

私が実例を出すと、星辺先輩はにわかに表情を焦らせ始めた。

そこに亜霜先輩が、ひょいっと上目遣いで顔を覗き込みながら追い打ちをかける。

「センパイってぇ……根本的なところで、マ～～～～ジで無神経ですよね？」

「……ああくそっ！　いいよ！　もしダメだったらお前らが食っとけ！　代わりのもん何か買ってくるからよ！」

「あ～、拗《す》ねた～♪」

楽しそうにまとわりつく亜霜先輩を振り切って、星辺先輩は足早に生徒会室を後にした。

仮に、明日葉院さんが約束を無視して、また無理をしようとしても、この優しい先輩たちが、きっと咎《とが》めてくれるだろう。

その繰り返しが、無理の仕方を教えてくれる。たとえ明日葉院さんの生き方がそれしかなくても、死なない程度に無理する方法を学ぶことができる。

どれだけ明日葉院さんが突っぱねても、もはやこの人たちは——そして私は、彼女を逃がしはしない。

だって、もう充分に、この真面目で頑固で可愛い女の子のことを、好きになっているのだから。

……ちなみに、餡子は明日葉院さんの好物だった。

もぐもぐとどら焼きを頬張《ほおば》る明日葉院さんは、小動物みたいで非常に癒《いや》されるものだったと、ここに付記しておく。

伊理戸結女◆たった五文字ぽっちでは

その夜。

相談した手前、報告の義務があるだろうと考えて、私は事の顛末《てんまつ》を水斗に話した。

手にした本を教科書から文庫本に変えた水斗は、最後まで聞き終えると一言、

「そうか」

とだけ答えた。

わかりやすく安心してくれたり、長々と感想を語ってくれたりするとは思ってなかったし、私としては予想通りの答えだった。

……星辺先輩は私を指名したけど、明日葉院さんのことは、私じゃなくても誰かが何とかしたのかもしれない。

一番付き合いが長い亜霜先輩が無理やり寝かしつけたかもしれないし、目敏《めざと》い羽場先輩が紅会長経由で解決したかもしれない。

私はきっと、水斗に相談していなければ、あんな賭けは言い出さなかった。普通に勝って、明日葉院さんはさらに自分を追い詰めて、倒れるまで勉強をし続けたかもしれない。

そう考えると、……何だかむず痒《がゆ》いけど、……支えられてる……って、いうか。

今の私もなんだかんだで、水斗に頼ってるところがあるんだなあ……って、実感した、というか……。

「……ねえ——」

ありがとう、と。

文庫本に目を落とす水斗に、そう言いかけた寸前で、私は言葉を飲み込んだ。

たった五文字の、そんな言葉で、私の気持ちを。

こんな簡単に済ませていいのかな？

そう考えたとき、アイデアが一つに収束した。

「ねえ——空けておいてほしい日が、あるんだけど」

そう言うと、水斗はようやく、文庫本から顔を上げる。

その日のことを、ずっと考えていた。

中間テストの前から。体育祭の前から。……ううん、もっとずっと前から。

「……いつだ？」

「……次の、祝日」

水斗の目が、少しだけ見開かれる。

それは、私にとっても、水斗にとっても特別な日。

たぶん、お母さんや峰秋おじさんにとってもそうだろう。この伊理戸家に住む全員にとって、ただの祝日では済まされない日だ。

十一月になって、最初の祝日。

十一月、三日。

「――私たちの、誕生日。予定、空けておいてね」

もう少しだけこのままで

伊理戸水斗《いりどみずと》◆安直だけど、一番の

今となってはいい思い出になりつつあるが、僕には中学二年から中学三年にかけて、いわゆる彼女というものが存在したことがある。

比較的蜜月だったと言えるその前半部において、僕と彼女——綾井結女《あやいゆめ》が一番驚いたのは、たぶんあの日のことだ。

誕生日を教え合った日。

僕たちが生まれた日がぴったり同じだと知って、無知にして蒙昧《もうまい》なる中学生の僕は、怖いくらいに運命ってやつを感じたものだ。

十一月三日。

日本国では例年、国民の祝日に指定されており、学校が休みなのもあって、家族以外に祝われた覚えはさっぱりない。けれど、それさえ当時の僕には好都合に思えた。なぜって、初めてできた彼女と、お互いの誕生日を、学校に邪魔されることもなく一日中、過ごすことができるんだから。

はっきり言うけど、僕は自分の誕生日を重要視していない。

当日まで忘れてることが多いくらいだ――何せ僕自身、誕生した瞬間のことは覚えていないわけだし、僕を産んだ母親のこともほとんど知らないとなれば、意識しろというほうが難しい。

だから、あのときだけだったのだ。

十一月三日を特別な日だと思ったのは、人生において、中学二年のあのときだけ。

僕たちは当日、昼日中にデートして、お互いのプレゼントを見繕うことにした。何せ僕もあの女も初心者同士、人にプレゼントを贈った経験などほぼなかったのだから、これはデートのテーマも自然と決めることができる一石二鳥の策だと言えた。

……後に判明したところによると、あの想像を絶する根暗女・綾井結女は、僕が何気なく譲った消しゴムだの何だのをプレゼントとして保管していたらしいが――それはそれ。

その日のデートは、普段、本屋だの図書館だの、色気のない場所しか行かない僕らが、デートらしいデートをした数少ない例だと言えた。歩き慣れないデパートに赴き、これはどうか、あれはどうかと、迷うことを建前にして幸せな彷徨《ほうこう》を続けた。

その果てに辿《たど》り着いたのは、結局のところいつもと同じ――本屋だった。

――あ、このブックカバー……

綾井が目を留めたのは、本棚ではなく、ブックカバーや文房具などが陳列されたコーナーだった。

落ち着いた桃色の、革製のブックカバーを、綾井は眼鏡の奥から見つめていた。

――欲しい？

訊くと、綾井は迷うように目を泳がせて、

――うーん……ちゃんとしたの、持ってないから……欲しい、けど

――けど？

――その……ね？　ブックカバーは、私も最初に考えたの！　でも……

――でも？

――……安直かなあ、って……

僕は小さく笑う。

――一緒だ

――一緒？

――僕も真っ先に考えたけど、安直かなって思った

これだから自意識の肥大したオタクは。消費することしかしてないくせに、いっちょ前に作家ぶってセンスを出そうとする。

僕たちはおかしくなって、静かな本屋でひとしきりくすくす笑い合うと、

――それじゃあ……

伊理戸結女◆安直だけど、一番の

今となってはいい思い出になりつつあるけど、私には中学二年から中学三年にかけて、いわゆる彼氏というものが存在したことがある。

その彼氏との誕生日デート。お互いのプレゼントを選ぶことにした私たちは、最後に訪れた本屋さんで、色とりどりのブックカバーの前にいた。

ブックカバー。

読書家の彼氏に贈るに当たり、最も無難で、きっと誰でも思いつくプレゼント。

だからこそ、当時の私は真っ先に考えて、真っ先に候補から外した。

中学生らしい粋がった思考だ。自分はそんな安直なプレゼントを贈りたくない、もっとセンスフルでロマンチックなものを贈りたいって、できもしないことを考えた。

けれど、それは彼も同じだったらしくて。

だったら、と私が考えた瞬間に、彼が手を伸ばした。

――それじゃあ……

水斗は、私が見ていた、文庫サイズの桃色のブックカバーを手に取る。

――お互いに、これが一番に贈りたかったもの……ってことか

こういう瞬間に、まだ単純だった当時の私は、幸せでいっぱいになった。

同じことを考えてる。

心が一緒になってる。

そう実感するたびに、伊理戸水斗が彼氏であることの喜びを噛《か》み締《し》めたのだ。

――……うん。そう……だね。だから……

こういうときだけ、踏み出せた。

臆病な私が。卑屈な私が。今ならわかってくれると、彼の心の中に。

私は、黒い革製のブックカバーを手に取って、はにかむ。

――お揃《そろ》いに、しようか？

正確には、色違いだったけど。

水斗は小さく笑うと、珍しくおどけるように言った。

――うわあ。ペアルックだ

――ふふ。嫌？

――服とかならイタいと思うところだけど……いいと思うよ。僕たちらしい

――うん！

本で繋《つな》がった私たちだから、初めてのプレゼントは、本を守るカバーにしよう。

と、そんなカッコつけた理由は、まあ完全に後付けだけど。

それから私たちは、学校でもお揃いのブックカバーを着けて本を読むようになった。

ただの色違いでも案外気付かれない。私たちだけが知っているペアルック。

何も気付かないクラスメイトたちを見て、こっそりと目で笑い合ったりもした。

クラスが分かれるまでの、半年程度の楽しみだ。

三年になってからも、彼があのカバーを使っていたのかどうか——私は未《いま》だに知らない。

伊理戸結女◆完璧美少女生徒会（？）

先輩たちに続いて入室した途端、室内のざわめきが凪《な》ぐのを感じた。

会議室に集まっているのは、各委員会の代表者たちだ。今日は新生徒会が発足して以来、二度目の定例会議。一度目はそれなりに緊張していたけど、二度目ともなればそれなりに要領はわかっているし、余裕を持って自分の席に座ることができた——けど。

今回は、一度目のときにはなかった視線が、私たちに集まっている気がした。

「……うわー……ほんとだ……」「ね？　言ったでしょ？　今年の生徒会ヤバいって！」

「レベルたっか……」「遠目に見たときはわかんなかったわー……」

いったんは凪いだ室内が、また別のざわめきに支配されていく。

一人一人は声を潜めているつもりなんだろう。でも、みんなが似たようなことを言うものだから、それは本人たちが思うよりも大きく、私の耳に届いてしまっていた。

——今年の生徒会は美女揃いだ。

なんて噂《うわさ》を、どこの誰が流したのか知らないけど、そういうことになっているらしい。

確かに、紅《くれない》会長はカリスマ性とフェミニンな魅力を併せ持ち、亜霜《あそう》先輩は（真実を知らなければ）長身でスタイル抜群、明日葉院《あすはいん》さんは小柄だけど巨乳で顔立ちも可愛《かわい》らしい。

そういう風に言われても無理はないけれど、どうやら私もその中に含まれているらしいのが何ともむず痒《がゆ》くなってしまう。

それに、唯一の男子役員である羽場《はば》先輩が、空気のように無視されてるし。

「……軽佻《けいちょう》浮薄《ふはく》ですね」

隣の明日葉院さんが、小難しい言葉で毒づいた。男子も嫌っていれば恋愛事も嫌っている彼女からすれば、その視線は鬱陶しいものでしかないだろう。

これも有名税ってやつなのかな。フィクションとは違って、生徒会なんてただの裏方で、注目を浴びることなんてないと思ってたんだけど——紅会長の輝きに、私たちまで照らされているのかもしれない。

「——あれで成績もいいんだからズルくない？」「どうせ彼氏もいるんだろうなー」「めち

やくちゃキラキラした恋愛してそー」

……それはどうだろう？

たまたま耳についた噂話に、私は中間テストの前にあった出来事を思い出した。

十一月三日。

私と水斗の誕生日が、来月の頭に迫っている。

水斗の中から昔の私を追い出し、今の私が代わりに居座る――そう決意して二ヶ月以上が経《た》っていながら、大して進捗がないという体たらくの今、この大イベントを逃す理由は一つもない。

過去の私を超えるプレゼントを用意して、水斗を口説き落とすのだ！

……と、考えたはいいものの、アイデアが少しも出てこなかった。

プレゼントって、どうやって考えたらいいんだっけ？

一年にも及ぶブランクは、私の恋愛能力を完全に錆《さ》びつかせていた。仮にも彼氏がいたくせに、どうしたらいいか全然わからない。水斗って何をあげたら喜ぶんだっけ？　いくら思い返しても、頭の茹《ゆ》だった勘違い根暗女が蘇《よみがえ》るだけで、今の水斗が顔を赤くしてときめく図など浮かび上がってはこなかった。

かくなる上は、サンプルを取るしかあるまい。

そうして私は、紅会長と亜霜先輩と三人きりになったタイミングで、質問したのだ。

「お二人って……好きな人の誕生日、何しました？」

意を決して切り出した私に、二人はきょとんとした顔を向けた。

「えー？　何？　ゆめち、いきなりさあー。それじゃああたしに好きな人がいるみたいじゃん！　あたしにいるのは手のひらで転がしたら面白いセンパイだけで、べつに好きな人なんていないよ？」

「質問をするなら前提条件を正確にするべきだね、結女くん。それではぼくに好きな人がいるかのようじゃないか。ぼくにいるのは異常に自己評価が低くてイライラするクラスメイトだけで、べつに好きな人なんていないよ？」

そういうのいいんで。

と言いたいのを、私はすんでのところで我慢した。

「すみませんでした。質問を正確にします。亜霜先輩は星辺《ほしべ》先輩の、紅会長は羽場先輩の誕生日を、どんな風に祝いました？　今、ある男子の誕生日プレゼントを考えてるんですけど、なかなかいい案が思い浮かばなくて……」

「ほほーう。男子の誕生日プレゼントね。それであたしたちの話を聞きたいと！」

「そういうことなら話すのもやぶさかではないよ。ぼくの経験が後輩の糧になるなら、こんなに喜ばしいことはないさ」

あ、なんか嬉《うれ》しそう。恋愛経験を人に話す快感に酔ってそう。

正直、この時点で若干嫌な予感はしたんだけど、自分で言い出した手前、『やっぱいいです』とは言えなかった。

「それじゃ、すずりん、あたしからでいい？」

「うん。お手並み拝見と行こうじゃないか」

もはやウッキウキで、先攻を取った亜霜先輩が、鹿爪らしく両手を組んだ。

「センパイの誕生日って、八月だったんだけどね——」

亜霜愛沙《あいさ》◆後輩からの、一回きりの

「……詰んだ」

真夏の自分の部屋で、あたしは一人、チェックメイトを宣告された気分でいた。

センパイから自然に誕生日を聞き出し、誕生日プレゼントを用意する——ここまでは上《う》手《ま》くいった。これを渡したら、女性経験の少ないセンパイのことだ、平静を装いつつもキヨドりまくるに違いないと、妄想を楽しむ余裕さえあった。

しかし。

……どうやって渡そう。

そこで詰んだ。何を隠そう今は八月、夏休みの真《ま》っ只中《ただなか》だ。生徒会も活動日が少なく、顔を合わせる機会自体が限られている。スマホ一つで簡単に連絡は取れるけど、あの鈍感で冷血で無神経なセンパイを、一体どうやって誘ったら誕生日に呼び出せるというのか。大体、誕生日にアポ取るとか、まるで告白するみたいじゃん。

などと考えていると、癪《しゃく》に障る同級生の顔が脳裏に蘇ってくる。星辺会長はもうすぐ引退なんだから今の内に告白しておけ——って、最近マジでうるさいからなあ。ないない。ありえないから。センパイに告白とか。……まあ？　あっちから告ってくるなら？　少しは考えないでもないけど？

……あ～、何度目だこの思考。このままじゃタイミングを失って、せっかく買ったプレゼントが簞笥《たんす》の肥やしになっちゃう～。

「お姉ちゃん、いる？　……って、うわ。何この部屋。パッド床に転がしておかないでよ」

「妹よ～！　お姉ちゃんは今、人生最大のピンチなのだ～！」

「四つも年下の妹に縋《すが》りつかないで。恥ずかしくないの？」

正論パンチをかましておってぇ……！　そんな風に育てた覚えはない！

「どうせ男の人の話でしょ。さっさとデートでも行ってきて。このままじゃ部屋が腐る」

「そんな簡単に行くかあ！　いろいろ難しいんだっ、高校生ってやつはぁ！」

「じゃあ何でもいいから外出てってよ。クラスの友達でも生徒会の人でも、お姉ちゃんならいくらでも相手いるでしょ」

「生徒会で遊びとか──あっ、その手があったか！」

全然詰んでなかった。暑さで頭動いてないだけだった！

あたしは飛ぶようにしてベッドに戻ると、妹の溜《た》め息《いき》を背中に聞きながら、生徒会のLINEグループにこう送信した。

〈みんなでプール行こうぜ～〉

「何してるんですか？　センパイっ」

計算し尽くした声音で話しかけつつ、あたしはデッキチェアに寝そべったセンパイを、中腰になりながら覗《のぞ》き込んだ。

あたしほどになると水着に怯《おび》えることはない。寄せて上げてバッチリ谷間。露出を恐れずバッチリくびれ。清楚《せいそ》エロい純白ビキニで、プールサイドの視線を独り占めだ。

だっていうのに、水着姿のセンパイはパラソルの影の中で、あたしに目もくれずにスマホをいじっている。

「あー、ログボをもらっておこうと思ってな。そしたらついつい周回に手が伸びた」

「かかってますねえ、運営の策に。……よいしょ」

「……おい。なんで隣に寝る？」

「ちょっと休憩でーす。別にいいでしょ？」

「いいけどなあ……」

　くふ、と漏れた笑みを、緩く握った手の後ろに隠す。

　隣のデッキチェアに、センパイのほうを向いて寝そべっただけだ。間には距離がある。隙間がある。だけどこうしていると、

「添い寝してるみたいですね？」

「…………くっ」

　間《あ》が空いた直後、センパイは少し悔しそうに口元を歪《ゆが》めた。ドキッとした？　ドキッとしたでしょ？　だから悔しくなったんですよね、センパイ？　くふふ！

　センパイは鈍感で冷血で無神経で、厚く壁を張ってるくせに、たまにこうして防御が破れるのが楽しくてたまらない。許してくれてるって感じがする。このときだけ、硬い殻の中にあたしを迎え入れて、包んでくれているような。

　ああ……もうすぐ、センパイじゃなくなっちゃうんだなあ。

　卒業はまだ先だけど……文化祭が終わったら、もう、生徒会では……。

……一回だけなんだ。

同じ学校の、先輩と後輩として誕生日プレゼントを贈れるのは――今日、この日の、一回だけ。

「――センパイ！　日焼け止め塗ってあげましょうか？」

「あ？」

がばっと起き上がりながら言うと、センパイは怪訝《けげん》そうな顔をしてこっちを見た。

「なんだ、紅と羽場の真似《まね》か？　いらねえよ。そんなに水入らねえし。っつーかお前が触りてえだけだろうが。セクハラで訴えんぞ？」

「むう。だったら水に入りましょうよ。ほーらー！」

「ちょっ、おい！」

あたしはセンパイの腕を引っ張り、その巨体を起き上がらせると、そのままプールまで強引に引っ張っていく。

「おいおいおい！　飛び込み禁止――」

「今日は会長じゃないんですから、そんな固いこと言わず――にっ！」

「ぬおおおっ!?」

あたしは背中から倒れるようにして水に飛び込む。

白い泡がぶくぶくと目の前を立ち上っていき、その合間に、ぐっと目を瞑《つぶ》ったセンパイの顔が見えた。ゴーグルなしで目を開けられるタイプで良かったって、このとき一番思ったかもしれない。

子供みたいに目を瞑ったセンパイの首に、あたしは抱き締めるようにして腕を回す。

直後、センパイの身体《からだ》がぐいっと持ち上がり、あたしは水面に引き上げられた。

「ぶはっ！」

センパイは大きな手で顔を拭い、濡《ぬ》れた髪を掻《か》き上《あ》げる。

それから、肩に手を掛けたあたしを見て眉を逆立て、

「お前な！　準備運動もしてねえ奴《やつ》をいきなり――ん？」

ようやく気付いた。

自分の首から下がっている、銀色のネックレスに。

「ふふっ」

最適な角度に小首を傾《かし》げ。

とびっきりに悪戯《いたずら》な笑顔で、あたしは言う。

「首輪みたいですね、センパイ？」

そう。

そのネックレスが、あたしからの誕生日プレゼントだった――

伊理戸結女◆という話のオチ

「へええ〜〜〜っ！」

一体どんなポンコツエピソードが飛び出すのかと思いきや、想像の百倍素敵なエピソードが語られて、私は感動してしまった。

「え？　いいじゃないですか——ええ⁉　いいじゃないですか！　プールに引きずり込んだその隙に⁉　ええーっ⁉　すっごくいいじゃないですか‼」

「ふふん。これが師匠の力だよ。敬いたまえ」

「やるときはやるんですね、師匠！」

「おいおーい。それだと普段はやらない奴みたいだぞー？」

うっかり失言が出てしまうくらい、感動的に小悪魔なエピソードだ。ひええー……。せ、青春だぁ……。

私が感動に震え、師匠が得意げに笑う横で、紅会長だけがしらっとしたジト目だった。

「……その話、オチが抜けてないかい？」

「はい？」

オチ？

紅会長は呆《あき》れた顔で頬杖《ほおづえ》を突いて、

「その後、プールに飛び込んだ衝撃で、水着からパッドが零《こぼ》れてるのに気付いて――」

「――あー！　あーあー！　知らないなあー？　ちょっと覚えてないなあー？」

「…………師匠…………」

感動を返して。

というか、そのくらいやる前に気付いて。

「はい！　次つぎー！　次はすずりんの番！」

「やれやれ……。どうやら、ここでも会長としての責務を果たさなければならないようだね。副会長が頼りにならないと仕事が増えて困るよ」

「うっぜえ～……！　ゲームの緊急メンテくらいうっぜええ～……!!」

紅会長は自信を湛《たた》えた笑みを浮かべて、悠然と話し始めた。

「ジョーの誕生日は、実に彼らしい日付でね――」

紅鈴理《すずり》◆この世のどこに隠れていても

「先週ですね」

「え？」

一月初旬――春休み明けに何気なくした質問の答えに、ぼくは思わず凍りついた。

「俺の誕生日は一月五日……先週です」

　ここ数年、流したことのなかった嫌な汗が、だらだらと流れ始める。

　ジョー――羽場丈《じょう》児《じ》はひどく存在感のない少年だ。背景のように教室に溶け込み、ひどいときには教師にさえ名前を忘れられる始末。

　しかし、それはあくまで一般的な話――どれだけ存在感がなかろうと、このぼくの目を誤魔化《ごまか》すことなどできない。入学して同じクラスになって以降、彼の存在を忘れることなどなかったし、ぼくの瞳から彼が消えることはなかった。他の誰にもできなくとも、ぼくにだけはそれができるはずだった。

　はずだった、のに。

　ぼくは知っていたはずだ。『そういえば、キミの誕生日はいつだったかな？』なんて質問をしなくとも。生徒手帳にさえ書いてある情報を、ぼくが目にしていないはずがない。

　すっぽりと抜け落ちていたのだ。授業の内容なら一言一句覚えているぼくの脳が、その情報だけをすっぽりと、どこかに落としてしまっていたのだ。

「別に、気にすることはありませんよ」

　こともなげに。

　平然とした顔で、ジョーは言う。

「三が日の直後で、『あけましておめでとう』も言い飽きた頃に来るのが、俺の誕生日です。親でさえ忘れるんですから、これは仕方のないことです。俺も慣れてますから、別に気を遣わなくて結構ですよ、紅さん」

　慣れている、だと？

　仕方のないこと、だと？

　そんなわけがあるか!!

「ジョー――今年だけ、キミの誕生日は今日だ」

「……、は？」

　怪訝そうに、ジョーはぼくの顔を見た。

「プレゼントを買いに行くぞ。今から!!」

　そうして、一月の寒空の下に、ジョーを無理やり連れ出した。

　学校最寄りのバス停から、繁華街方面に向かうバスに乗り、揺られること数分。賑《にぎ》やかな歩道に降りて、人波に流されるようにして歩き出す。

「何か欲しいものはないのかい？　バイト代が貯《た》まっているから、予算は気にしなくてもいいよ」

　マフラーの中から白い息を吐きながら、ぼくは隣を歩くジョーに尋ねる。

制服の上にコートを着込んだジョーは、左手で襟元を持ち上げながら、

「別にありません……。それに、紅さんのバイト代で買い物をするのは気が咎《とが》めますよ」

「プレゼントだから気にしなくていいのに」

「プレゼントは普通、贈る側が考えるものだと思います」

ふむ。そういうものか。

「だったら、ぼくが贈りたいものを贈ればいいわけだ。……ふふ、いいことを思いついた」

「……俺は悪い予感がしてきたので、やっぱり今日のところは――」

「おっと。逃がさないよ？」

言って。

ぼくは腕に絡みつくようにして、ジョーの身体を捕まえた。

「ちょっ――」

「誰が何と言おうと今日はキミの誕生日だ。だからキミには、ぼくに祝われる義務がある」

ぎゅうっとさらに強く腕を抱き締めると、ジョーはぼくから離れようとするように身体を傾ける。

「……紅さん。一応言っておきますが、当たってます」

「もちろんさ。女はいつ何時でも、惚《ほ》れた男におっぱいを押し当てたいものだからね」

「そんなことはないんじゃないかと……」

薄い表情からかすかに滲《にじ》む照れや、腕の微細な動きから感じる羞恥が、ぼくの胸の奥を小さくくすぐる。

自分を本当に背景だと思うなら、心の動きも完璧に制御しないとね？

「じゃあ行こうか。この辺りにいいところがあるんだ」

薄ぼんやりしたジョーの顔を間近からじっと見つめながら、ぼくはするりとジョーの手に自分のそれを絡ませた。

「……っ……」

「ちなみにこれは、プレゼントに入らないからね」

ジョーの瞳が僕とは反対側に泳いだ。

ここまでやって、たったそれだけか。まったく、本当に困った奴だよ。

「キミには存在感以前に問題がある」

ぼくはラックからいろんな服をピックアップしては、ジョーの肩に当てていく。

「生来の容姿が地味なのは仕方がない。しかし、人の印象というのはいくらでもカスタマイズできるものだ。服装を改善すれば、その影の薄さも多少は良くなるはずだ！」

「無駄だと思いますけど……」

「ぼくに任せておけ。キミを背景から脱出させてやる！」

それから数十分後。

ぼくは試着室の前で頭を抱えていた。

「ううう――――ん……」

困った。

本当に困った奴だった。

人目を惹《ひ》けそうな派手な服から、色は控えめながらもセンスの香るお洒落《しゃれ》まで。いろいろなファッションをジョーにさせてみたが……恐ろしいことに、全部似合わなかった。

なんなんだこいつは。

ほんの少しでもお洒落にしようとすると、途端に背伸びした中学生のようになってしまう。母親が買ってきたのをランダムに選んだような地味な服しか似合わない。何なら個性という点では完全なゼロ点である制服が一番似合うくらいだった。

「……そろそろ満足しましたか？　紅さん」

「いや、待て！　ちょっと待て！　すぐに思いつくから！　その影の薄さを中和する服装を、すぐに考え出すから……！」

ジョーはぼくが被《かぶ》せた帽子を取り、何を考えているかわからない無表情で言う。

「別に俺は、人に気付かれないのを気に病んではいませんよ」

「またそういうことを――」

瞬間、ジョーはふっと困ったような笑みを浮かべて、ぼくを見つめた。

「……これ以上を求めたら、贅沢《ぜいたく》ですよ」

どんな問題でも、どんな計算でも、たちどころに答えを出せるはずのぼくの脳は、しかし、このとき胸を締めつけた感情の名前を、すぐには特定できなかった。

これ、とはなんなのか。

訊《き》かなくてもわかった。その視線が、ぼくのことだと言っていた。

ああ、キミは――なんでそんなに、無欲なんだ。

ぼくなんて大したものじゃない。ただ人より傲慢なだけの女だっていうのに。

でも――

「紅さん？」

ぼくはジョーから顔を逸《そ》らす。

やめろ。見るな。……こんな顔を見られたら、ぼくはキミの思う紅鈴理ではなくなってしまう。

マフラーを持ち上げて口元を隠しながら、意識して呼吸を整えた。

ぼくは、自分の力がわかっていない人間は嫌いだ。

その価値を認めようとしない人間は、もっと嫌いだ。

だから諦めたわけじゃない。キミがキミの価値に相応《ふさわ》しい視線を得られるまで、諦めるつもりはない。

けど、……今は。

キミが、ぼくだけでもいいっていうなら、今のところは。

「……行こう」

「え？」

「着替えろ」

ジョーを元の服に着替えさせると、ぼくは彼の手を引いて、同じビルの違う階に移動する。

そこにあったのは、携帯ショップだ。

ぼくはスマホアクセサリーのエリアに向かうと、色とりどりのスマホケースが並んだ棚の前で、ジョーに尋ねた。

「どれが一番ぼくっぽいと思う？」

「え？　……えーっと……」

戸惑いながらジョーが指差したのは、空色のスマホケースだった。

「これ……ですかね」

「じゃあこれだ」

言って、ぼくはそのスマホケースを手に取る。

「……もしかして、それが俺へのプレゼントですか？」

「うん。サイズは？」

「大丈夫ですけど……」

「よし」

そのままレジに向かって、会計を済ませる。それから改めて、買ったスマホケースをジョーの手に握らせた。

「これがキミが思う、一番ぼくっぽいスマホケースだ」

「え。はい……」

「ということで、これをぼくだと思って使ってくれ」

ぱちぱちと瞬かれるジョーの瞳を、ぼくはまっすぐに覗《のぞ》き込む。

「そうしたら、いつでもどこでも、ぼくだけはキミを見ていてあげられるだろう？」

たとえ、周りの誰もがキミに気付かなくても。

ぼくだけはちゃんと、キミのことを見ているから。

「それでも足りなければ、ぼく本人を呼んでくれ――キミがこの世のどこに隠れていても、絶対に見つけ出してみせる。この天才と呼ばれる頭脳でね」

冗談めかして言いながら、ぼくは愛沙よろしく小悪魔のように微笑《ほほえ》む。

「つまり、誕生日プレゼントはぼくってことだよ。好きにしてくれたまえ」

伊理戸結女◆という話のオチ

「ほあ～……」

亜霜先輩とはまた違うイケメンなエピソードに、私は感心とも感嘆ともつかない溜《た》め息《いき》を零《こぼ》した。

「会長って、羽場先輩の前ではすごくカッコつけるんですね……」

「おいおい。それじゃあ普段はカッコ良くないみたいじゃないか」

「そんなにカッコいい『プレゼントは私』、初めて聞きました！」

「そうだろうそうだろう」

紅会長が得意げに肯《うなず》く横で、亜霜先輩が頬杖《ほおづえ》を突いてしらーっとした目をしていた。

「いや……それ、綺麗《きれい》なとこだけ抜き出してない？」

「はい？」

「確かその後、ジョー君に『気持ちは嬉《うれ》しいけど重い』って言われてあたしにＬＩＮＥで愚痴りまくって――」

「記憶にないなあ！」

……まあ確かに、付き合ってもいない女子に『プレゼントは私』をやられるのは、ちょこっと重いかもしれない。スマホケースって、使ってないと一瞬でバレるし。

「でもそれを言ったら、付き合ってもいない女子にネックレスを贈られるのも大概――」

「んんー？　おかしいなあ、耳悪くなったかなあ？　なんか言った、ゆめち？」

「いえ何でもありません」

ネックレスよりも実用的なスマホケースのほうがまだ軽いプレゼントなんじゃないか、なんて思ってません。

「大体さあ！」

亜霜先輩が憤然と腕を組んで言う。

「物をもらっておいて文句言うとかおこがましいわけよ！　重かろうが軽かろうが咽《むせ》び泣きながら頂くのが筋ってもんじゃないの!?」

「たまにはいいことを言うじゃないか、愛沙。そもそも生徒会の男子どもは揃《そろ》って受け身すぎるんだ。男女平等、多様性の社会とはいえ、たまには甲斐性《かいしょう》というものを見せてもらいたいものだね」

「ほんっとに！　あのガタイと筋肉は飾りかっつーの！　たまには壁ドンくらいしろや！」

暴走した女子の愚痴トークは収拾がつかない。私は愛想笑いをしながら、先輩たちの多分に願望が入り混じった悪口を聞く羽目になったのだった……。

伊理戸結女◆という話の、オチのオチ

後日。

結局、水斗へのプレゼントはどうしようかなあ、と思いながら生徒会室にやってきた私は、そこで昼寝をしている星辺先輩と、仕事をしている羽場先輩に会った。

そして、気付いたのだ。

星辺先輩の胸元に覗く、銀色のネックレス。

羽場先輩の手に包まれた、空色のスマホケース。

その両方が、丁寧に手入れされて綺麗なままであることに。

……案外、受け身なだけでもないのかも。

いずれきっと、先輩たちの想《おも》いは報われるんだろうなあ。そんな予感に打たれながら、私は二人の話を振り返る。

二人きりで誘いにくいなら、集団で誘う。

プレゼントは、贈る側が贈りたいものを贈ればいい。

なるほど。……そっか。それなら――

伊理戸水斗◆家族としての誕生日

――私たちの、誕生日。予定、空けておいてね

結女にそう言われたとき、僕は正直、期待した。

誕生日にデートでもするつもりなのか。付き合っていた頃のように、二人きりでプレゼント交換なんて洒落《しゃれ》込《こ》むつもりなのか。

僕らしくもない、まるで初心《うぶ》な中学生のような淡い期待。

現実は、そんな僕の気持ちを嘲笑《あざわら》うかのように推移していた。

「お誕生日おめでとう！」

明るい笑顔で僕たちにそう言ったのは、僕の義理の母親である由仁《ゆに》さんだった。

由仁さんは僕たち――僕と結女の前に直方体の箱を置き、

「ケーキ、好きなの選んでね～。奮発してお高いの買ってきちゃったから！」

「最初はホールにしようかって言ってたんだけどね。実際見てみるとこれがまあ大きくてね」

「食べきれるか不安になっちゃったのよね。結女もそろそろカロリーを気にしちゃう年頃だろうし」

「お生憎様《あいにくさま》。まだダイエットはしてません」

冗談めかして結女が言い、「羨まし～」と由仁さんが子供のように言う。

結女はケーキの箱を開けて覗き込み、「じゃあ私、このチョコレートのやつ！」と茶色いケーキを慎重に取り出す。それから僕のほうにケーキの箱をスライドさせて、

「水斗くんは？」

……まるで、何事もなかったかのように。

意味ありげに『予定空けておいてね』なんて言いやがって。家族で誕生会をするからだったのかよ。日中、無意味にそわそわしてしまっただろうが！

「……じゃあ、このチーズケーキで」

内心の悔しさは表には出さない。理屈はわかるさ。僕なら誕生会なんて平気で無視すると思ったんだろ？　でも、だったらそう言えよ。紛らわしい言い方をするな！　紛らわしい言い方を！

「それじゃあ、こっちは誕生日プレゼントだ」

言って、父さんがお年玉のポチ袋みたいな小さな封筒を、僕と結女の前にそれぞれ差し出してくる。

「心配しなくても、僕と由仁さんからそれぞれ用意しているよ」

「ありがとうございます！　開けてもいいですか？」

「大したものじゃないよ。図書カード一万円分だから」

「えっ⁉」

結女は封筒を開けて、中から10枚のカードを取り出す。僕にとっては見慣れたものだ。

「いちまんえんぶん……」

「峰くんったら、毎年それらしいの。味気ないわよね？」

「水斗が一番喜ぶのがこれなんだから仕方ないじゃないか」

「い、いえ！　すごく嬉しいです！　ありがとうございます！」

結女はほくほく顔で言った。瞳の中に夢が広がっているのが見える。一万円分もあれば、しばらく本を買うお金には困らないからな。特に結女は、値段高めの単行本に手を出すことも多いから、ひときわ助かるだろう。

「それじゃあ、次はわたしから！　とりあえず結女にはこれ！」

由仁さんは、手元の袋から瓶のようなものを取り出して、ボンと結女の前に置く。

結女はそれを手に取って、

「化粧水……？」

「そう！　ちょっとお高くてオトナなやつ！　最近なんとなく色気づいてきた娘に贈る！」

「色気づっ——そ、そんな風に見える？」

「見える見える〜。さては学校でモテてるな？　我が娘よ〜」

「そ、そんなことないって……！」

謙遜だな。『学年一の優等生』から『美少女生徒会の一員』にランクアップして、噂《うわさ》を聞かない日はないくらいだ。川波《かわなみ》と南《みなみ》さんが、『伊理戸さんに告ろうとする奴《やつ》増えすぎ！』『ほんっと！　牽制《けんせい》する身にもなってほしいよ！』と怒っていた。そもそも君らは裏で何をしてるんだ。

「それで、水斗くんはこっちね！」

言うと、由仁さんは立ち上がり、リビングの隅に置いてあった丸っこいものを両手に抱えて持ってきた。

「……クッションですか？」

「そう！　ビーズクッション！」

柔らかさを見せるように、由仁さんはクッションに手を押し込む。

「読書が捗《はかど》ると思うよ～？　ただ、使い過ぎには注意ね。人としてダメになるから！」

僕もクッションの前にしゃがみ込み、手でその柔らかさを確かめてみた。なるほど……気持ちよさそうだ。でもこれ、僕よりもいさなのほうが喜びそうだな……。

「ありがとうございます。適度に使います」

「それがいいよ。東頭《ひがしら》さんにも言っておいてね！」

バレてる。

「いいな～……。私もそれ、ちょっと欲しいかも」

結女が後ろから覗き込んでくる。

「たまに使わせてもらったら？」

「いやいや……男子の部屋であんなにだらけられるの、東頭さんくらいだから」

「いいじゃない、遠慮しなくても。きょうだいなんだから！」

……きょうだいなんだから、か。

こうして家族として一緒に過ごす時間。女子として意識してしまう時間。その両方が僕の日常として両立していて、たまに自分が分裂したかのように感じることがある。

君のそばにいたい。その欲求を、もう否定することはない。

けれど……それをどういう形で達成するのか、僕はまだ、決めかねているのかもしれなかった。

伊理戸水斗◆あの再会は必然だった

「あーもう。お母さん、飲みすぎ……」

「うへへ～。らいじょうぶらいじょうぶ～」

「ほら。寝るならベッド行こ！　ね？」

珍しくべろべろになった由仁さんを、結女が肩に手を回して連れていく。

父さんが静かにグラスを傾けながら、小さく笑っていた。

「嬉《うれ》しかったんだろうね。こうして四人で誕生日を祝えたのが」

「……僕たちの誕生日がたまたま一緒だったから？」

僕が訊《き》くと、父さんは眉尻を下げて、

「どうかな。たまたまだったのかな、それは。ある意味、必然だったのかもしれない」

「え？」

「因果ってやつだよ。世の中っていうのは、本当に上手《うま》くできてる……」

父さんも父さんで酔いが回っているのか、その目はどこか遠いところを見ているかのようだった。

「水斗。そういえば、話してなかったか？　父さんが由仁さんと、いつ、どこで出会ったのか……」

「いや……仕事の関係で会ったって」

再婚の話をされたとき、確かそう説明されたような気がする。

けれど、父さんは緩く首を横に振る。

「再婚する切っ掛けになったのは、そうだが……実はな、もっと前に、一度出会っていたんだ」

「へえ……」

「病院で。お前と結女ちゃんが生まれた病院で、一度だけな……」

適当に相槌《あいづち》を打っていた僕は、その発言に、一気に意識を持っていかれた。

僕と結女が生まれた、病院？

同じ病院だったのか？

「驚いたか？　でも、考えてみれば当然だろう。同じ街で、同じ日に生まれたんだから……病院だって、普通に被《かぶ》るさ。お前は覚えていないが……十六年前の今日、お前と結女ちゃんは一緒に生まれて、同じ新生児室で寝ていたんだ」

確かに、考えてみれば当然だった。

僕と結女は、同じ中学に通っていた。つまり同じ学区で、家もそう離れていたわけじゃなかった。それなら、同じ病院で生まれていたとしたって、何も不思議じゃない。

「そのとき、河奈《かな》は……お前の母親は、生死の境を彷徨《さまよ》っていて……僕は不安で仕方なくて……たった一〇秒先のことさえ想像できなくて……仕事も手に付かないまま、病院の中で無為に過ごしていた……。そんなとき、通りがかりの女性に、声をかけられたんだ」

「……それが？」

「そう。それが……結女ちゃんを産んだばかりの、由仁さんだった」

父さんは困ったように笑う。

「誓って言っておくが、浮気をしたわけじゃないぞ？　そのときの僕たちは、お互いの名前も伝えずに別れたんだ……。ただ、しばらくの間、互いの不安を共有しただけで……。由仁さんは、旦那さんが仕事で忙しく、せっかく生まれた子供の顔も見に来てくれないことを、不安がっていた……。そんなときに、自分よりもものすごい、この世の終わりみたいな顔をしている僕を見て、放っておけなかったんだってさ……」

結女から聞いた。由仁さんの前の夫は仕事人間で、家庭の中で一人暮らしをしているような人だったと。

「由仁さんは言ったよ……。これから家庭がどうなるかわからなくても、子供の顔を見たら、未来が楽しみになるって……。それを聞いて、僕もお前の顔を見に行った。そうしたら少しだけ、明日を生きる勇気が湧いたんだ。それがなかったら……河奈に取り残されたとき、僕はお前のことを、恨んでいたかもしれない……」

……取り残される。

今まで、僕の人生において、当たり前に存在したその歴史が……どうしてか、今はどうしようもなく恐ろしかった。

そんな経験だけはしたくないと、心の底から思った。

「だから由仁さんは……僕の恩人だったんだ」

カランと、グラスの中で氷が鳴る。

「十五年、必死に仕事と子育てをして、河奈のことも少しは整理がついてきて……そんなときに、そんな恩人と再会して。一目で理解したよ。再婚するなら、この人以外はありえないって……」

父さんの口調はぼんやりとしていた。うつらうつらと、瞼《まぶた》が閉じかける。

「だから……僕も、嬉しいよ……。今日を、四人で、家族として迎えられたことが……。嬉しい……嬉しいんだ……」

だんだんと頭が傾いていって、程なく父さんは、机に突っ伏して寝入ってしまった。

こんなに深酒をする父さんは珍しくて……本当に父さんと由仁さんにとって、今日という日は特別だったんだろう。

父さんが静かに寝息を立てる中、リビングに結女が戻ってくる。

「あれ？　峰秋《みねあき》おじさんも寝ちゃったの？」

「ああ……。悪いけど、毛布、取ってきてくれないか？」

「うん」

結女が寝室から持ってきた毛布を、机に突っ伏した父さんの肩に掛ける。

誕生会は、これで完全にお開きだ。

残された僕たち子供は、粛々と食器を片付け始めて、

「なあ……」

その合間に言いかけて、結局、やめる。

僕たちがきょうだいになったのは、運命でも何でもなかったのかもしれない。

どちらかといえば、父さんたちの運命に巻き込まれただけで。子供を切っ掛けに出会った二人が、必然として一緒になったという、ただそれだけの話で。

神様が仕掛けたトラップは、本当に、中学の図書室で出会ったあのときだけだったのかもしれない……。

「何？」

振り返る結女に、僕は言う。

「……食べ残したケーキ、ちゃんと冷蔵庫に入れとけよ」

「え？　うん。わかってるけど……」

言う必要は、たぶんない。

神様とか運命とか、そもそもそんなもの、どうだっていいんだ。

僕たちには、守らなければならないものがある。

その上でどうするかは——僕が自分で、決めなければならないものだ。


伊理戸水斗◆無駄な雑談が心を整理してくれることもある

自室に戻ってきた僕は、机の上に目を向けた。

そこには一つの、ラッピングされた小包がある。

僕はその表面を撫《な》でながら、何事もなかったかのように誕生会を過ごしていた結女の顔を思い返した。

……まるで中学の頃に戻ったみたいだな。一人で盛り上がって、勝手に落胆して……。

そういう気の迷いとは決別したはずだったのに、気付いたら逆戻りしている。

結局、戻るんだろうか？

だとしたら、今の僕の願いが、もし叶《かな》ったとしても。……それも結局、中学のときのような、崩壊の序章でしかないんじゃないだろうか。

そうだとしたら、……今度は、洒落《しゃれ》では済まない。

僕たちだけの崩壊では、済まない……。

「……ん」

ポケットに入れていたスマホが、不意に震え始めた。

取り出してみると、いさなからの着信だった。

「もしもし」

『もしもし～。誕生日おめでとうございま～す』

能天気な声が頭の中に吹き抜け、僕は心から力を抜いた。

「知ってたのか。言ったっけか？」

『結女さんから聞きました～。誕プレは明日学校で渡しますね』

「用意したのか？　君にしては律儀だな」

『水着とバニー、どっちがいいですか？』

「やめろ。用意したそれを即刻捨てろ」

『ええ～？　せっかくラフ描いたのに～。結女さんの水着とバニー……』

「あいつのかよ！　尚更《なおさら》捨てろ！」

　てっきり君自身がコスプレでもしてくるのかと思ったよ。他人を勝手に誕プレにするな。

『まあ冗談は置いといて』

「君の冗談はわかりにくい……」

『水斗君はちゃんと渡しましたか？　結女さんへのプレゼント！　まさか用意してないなんてことはないですよね～？』

　僕は手元の小包を見下ろした。

「……用意はした」

『おっと。その言い方はまさか……』

「別にいいだろ。同じ家に住んでるんだ、タイミングはいくらでもある」

『そんなこと言ってるうちに来年になっちゃいますよ！　いいんですか！　机の中が渡せなかったプレゼントで溢《あふ》れ返っても！』

嫌な想像をさせるなよ……。本当にそうなりそうじゃないか。

『渡さないようでしたら、わたしから結女さんに仄《ほの》めかしちゃいますからね。友達づてに告白されるみたいな、ダッサい誕生日になってもいいんですね？』

「やめてくれ……。居たたまれなくなる」

想像だに恐ろしい。そんなことになったら僕は家出する。

『ちなみにどんなプレゼントなのか、訊いてもＯＫですか？』

「大したものじゃないよ。付き合ってもないのにいきなりアクセサリーとか贈られても困るだろ？」

『えー、実用的なやつですか？　ビビってるんですか？』

くっ……的確に嫌な言い方してくるなコイツ。

「いいんだよ！　贈るという事実が重要なんだ」

『まあ確かに、愛想笑いしながら受け取って、あとで処理に困るよりは遥《はる》かにいいかもですね』

「……君は何か僕に恨みでもあるのか？」

『強いて言えばフラれたことですかね』

「…………もしかすると僕は、君に一生分の借りを作ったのかもしれないな」

死ぬまでその件を蒸し返されそうだ。

『むふふ。まあとにかく、今日のところは結女さんといい雰囲気になっておいてくださいよ。わたしは明日でいいので！』

「僕が二股でもしてるような言い様だな……」

『うぇへへ。愛人みたいでドキドキしますね』

「いろんな意味でな。しかし、いい雰囲気って言ってもどうすればいいんだか……」

『素人みたいなこと言いますね。昔付き合ってたんでしょう？』

「今とあの頃は違うんだ」

『それではわたしの妄想シチュエーションをご提供しましょう！　ピロートーク中に――』

切った。

前提がおかしいだろ、前提が。

僕はスマホを置いて、改めて用意したプレゼントを見下ろす。いさなの能天気かつ適当な発言を聞いているうちに、凝り固まった脳味噌《のうみそ》が柔らかくなった気がした。

そう――今とあの頃は違う。

ややこしいことを考えずに、普通に渡してしまえばいいんだ。

今日どうこうなろうなんてわけじゃないんだし……自分で言った通り、贈るという事実が重要なんだ。

「……よし」

決めて、小包を手にしたそのときだった。

ドアがノックされた。

「——いる？」

伊理戸水斗◆五文字には収まりきらない欲求

ドアを開けると、寝間着姿の結女がいた。

「入るわよ」

「ちょっ、おい！」

結女は止める間もなく部屋の中に入ってくると、さっき持って上がってきたばかりの、由仁さんからもらったビーズクッションに目を付けた。

ばふっ！　と遠慮もなく、背中をクッションに埋もれさせる。

「あ、いいやつね、これ。普通に私も欲しい」

「……夜は部屋には来ない約束だろ」

父さんたちの余計な勘繰りを避けるため、夜中にはお互いの部屋には行かない。必要な連絡があればスマホを使う。そういう取り決めがあったはずだ。

結女は僕を見上げてくすりと笑い、

「大丈夫よ、二人とも酔い潰れて寝てるんだから。どうしてもって言うんなら、ルール抵触ってことにしてもいいわよ、お兄ちゃん？」

「……きょうだいルールか。久しぶりに聞いたな……」

この前の風呂のときも使ってこなかったし、もう忘れているのかと思っていた。

結女はクッションの中でもぞもぞと動き、

「このクッション、大きいから、もう一人くらいいけそうね」

「はあ？　いや、何をさせようとして――」

「妹の我《わ》儘《まま》くらい聞いてよ、お兄ちゃん」

「その使い方をしたらもうこのルール終わりだろ！」

「い・い・か・ら！」

「うわっ⁉」

ぐいっと手首を引っ張られ、僕は無理やり、結女の隣に座らされる。

本来、一人用のビーズクッションはぎゅうぎゅう詰めになり、結女は僕の肩にぴったりと自分のそれをくっつけてきた。風呂上がりだから、石鹸《せっけん》の匂いがふわりと香ってくる。

「……これは、きょうだい的にアリなのか？」

できるだけクッションの端に寄ると、結女は追いかけるようにもたれかかってくる。

「アリよ。『火《ほ》垂《た》るの墓』もこんな感じだったと思うし」

あの小説なり映画なりで兄妹《きょうだい》が身を寄せ合っていたのは、絶対にこんな贅沢《ぜいたく》なビーズクッションではなかったと思うが……。

「………………」

こんな奇矯かつ強引な行動に出ておきながら、結女はなかなか用を告げようとはしなかった。ただただ、くっついた肩を伝って人肌の温かさと柔らかさを意識するだけの時間が、一分ほども続いた。

もしかしたら、一生このままなんじゃないか——そんな馬鹿な思考が過《よ》ぎり始めた頃に、ようやく結女が口を開く。

「……誕生日、おめでとう」

「……あ、ああ。君もな」

なんだ、今更？　さっきまで誕生会をしてたばかりなのに——

「プレゼント。……あるの」

単語を並べただけのような、片言めいた言い方で告げられて、僕はすぐには頭が追いつかなかった。

「結構前から、用意してて。でも、先に渡したら、お母さんたちの前で、態度に出ちゃいそうだったから。……こんな、ギリギリになっちゃった」

時計を見れば、もう午後十一時を回っている。

僕たちの誕生日が終わるまで、あと一時間もない。

「……ん」

ごそごそと、結女はビーズクッションと背中の間に手を入れて、そこからラッピングされた包みを取り出した。

もしかして、ずっと背中に隠してたのか。

だからクッションに座ったのか？

「あげる」

ぶっきらぼうに差し出されたそれを、僕は半ば反射的に受け取る。

贈答用に綺麗《きれい》な包装がされてあるが、サイズは手のひらと同じくらい……そうだな、文庫本くらいの大きさだった。

ちらりと横を見ると、結女の目は自分の膝辺りに落とされている。どういう感情、どういう意図がそこにあるのかは、こんなに一緒にいるのに少しもわからない。

「……開けてもいいか？」

躊躇《ためら》いがちに訊《き》くと、結女は小さく肯《うなず》いた。

それを見て、僕はラッピングをできるだけ丁寧に解いていく。

やがて、包みの中から現れたのは、かなり見慣れたものだった。

――ブックカバー。

鮮やかな、紺色の。

「……これ……」

思い出さずにはいられなかった。

中学二年の誕生日。二人で一緒に買った、色違いのブックカバー。

色も、デザインも、少しずつ違う。けれど――

「――最近ね、思うことがあったの」

結女が不意に天井を仰いで、ぽつりと言った。

「私、なんだかんだであなたに助けられてるなあって。生徒会だって、あなたの後押しがないと入ってなかったかもしれないし。もう頼ってないつもりでいたけど……気付いたら、支えられてるって思うときがあって」

普段が嘘《うそ》みたいに素直な言葉。

清涼な水のように、さらさらと心に流れ込んでくる。

「私のこと、別に嫌いでもいい。それでも、今まで支えてもらった分はお礼したいし……できれば、これからも、同じようにしてほしいし……。ただの元カノじゃなくて、ただのきょうだいじゃなくて……上手《うま》く、言葉が出てこないけど……」

ああ、わかってる。

こういうとき、まだ単純だったかつての僕は、どうしようもなく嬉《うれ》しくなった。

同じことを考えてる。

心が一緒になってる。

けれど、今の僕は単純じゃない。

きっと、今の君も単純じゃない。

複雑な感情が渦巻いて、どれだけ小説を読んでいても上手い言葉が見つからない。

それでも。

「新しいの……あげたかった」

はっきりと、自分の欲求を告げることはできた。

「前に、私があげたやつ。もう捨ててるかもしれないけど……。あれじゃなくて、今の私があげたそれを……使ってほしい」

結女は、ぴったりとくっつけた肩を、離そうとはしなかった。

逃げようとはしなかった。

自分がしたいことを、プレゼントに乗せて、直球に押しつけてきた。

あるいは自分勝手とも取れる、贈られる側のことを少しも考えていないプレゼント。

けれど……ああ、そうか。

そうだったな。

そんな、気を遣い合うような関係は――とっくに、卒業したんだった。

「……僕も」

決意を持って口を開くと、結女がぴくりと震えた。

「僕も――今日は、ルール抵触でいいよ、姉さん」

伊理戸結女◆じゃあ来年は

「え？」

横を見ると、水斗はクッションにもたれた姿勢から勉強机に手を伸ばし、そこから小包を手繰り寄せているところだった。

手のひらと同じくらいの小包。

文庫本サイズ。

まさか、と思った私に、水斗は「これ」と小包を差し出す。

「誕生日おめでとう」

ぽん、と手のひらに乗せられた小包を、私は信じられない気持ちで見つめた。

「え……？　ま、まさか、これ――」

「開けてみてくれ」

　言われて、私は恐る恐る、包みを開けていった。

　中から出てきたのは――想像通りのもの。

　赤色のブックカバーだった。

「……まさか、被《かぶ》るとは思わなかったよ」

　いろんな思いが去来して言葉を失った私に、水斗は溜《た》め息《いき》をつくように言った。

「言っておくが、それには君のみたいな意味は籠もってないからな。ただ単純に……最初に思いついたのが、それだったんだ」

「な、なんで……まさか、前のこと忘れてたの⁉」

「覚えてたに決まってるだろ」

　心外そうに吐き捨てて、水斗は軽く唇を尖《とが》らせる。

「……いったんは思い留《とど》まったんだ。なんか未練を引きずってるみたいで嫌だなって……。でも、考えるほどに、それ以外思いつかなかった。君、生徒会の仕事であちこち行ってるし、本も持ち運ぶだろうし、それだけ傷みやすいだろうし……まあ、元カレのプレゼントなんて普段使いしにくいだろうし、別に二つあったっていいかなって思ったんだ」

　そう……なんだ。

　私は、自分があげたいものをあげようと思って、そうしたけど。

　水斗は……私のことを考えて、これにしたんだ。

「……ありがとう」

私は、二年前にもらったのとは少し色が違うブックカバーを、胸に抱き締める。

「大切に使う」

「いいよ。そんなに高い物でもないし。傷んだらまた買えばいい」

「それじゃあ、また来年？」

「それは雑に使いすぎだ」

くすくすと私が笑うと、水斗は私があげたブックカバーを見下ろして、

「こっちも、ありがとう。嬉しいよ、意外と」

「昔の私があげたのとどっちが嬉しい？」

「……同じくらいかな、たぶん」

同じくらいかあ。……じゃあ、もうちょっとだ。

「来年は超えてるわね、きっと」

「期待しておくよ」

あと、もう少し。

昔の私よ、首を洗って待っておけ。

絶対に、私があなたを超えていく。

伊理戸水斗◆卑怯《ひきょう》な僕

それからしばらくの間、互いに贈ったブックカバーの使用感を確かめるために、クッションに収まったまま本を読んでいた。

やがて、片方の肩が少し重くなる。

見ると、結女が僕の肩に頭を乗せて、規則的な寝息を立てていた。

「おい。……ったく……」

十二時を回り、すでに僕たちの誕生日は終わっている。

普段の結女ならとっくに寝ている頃だ。仕方ないか。ベッドに連れていく方法を考えなければならないが……。

「………………」

前髪越しに見える結女の顔を、息を潜めて覗《のぞ》き込む。

……同じくらいだ。

ああ、同じくらい嬉しかったんだ。

もう……そんなところまで来てしまっているんだ。

かつての僕は思った。恋愛なんて気の迷いだと。

その上で思う。

これは決して、気の迷いなんかじゃない。

むしろ、迷う自分を『これだ』と定めるための感情。父さんが再会した由仁さん相手に迷わなかったように、僕ももう、彼女以外にないとわかってしまっている。

ああ、認めるさ。内心でくらいは、もう言葉を誤魔化《ごまか》したりしない。

好きだ。

好きだから、そばにいたいんだ。

だから——ただのきょうだいなんかじゃ、いられないんだ。

僕は寝息を立てる結女の前髪に、そっと指を伸ばす。

……起きないよな？

第一関節で撫《な》でるようにして、さらりと結女の前髪に触れる。

君は卑怯だと思うか？

心は決まっているのに、今この瞬間を心地いいと思う僕のことを。

君が気付かない、君が眠っているときにしか、こうして触れない僕のことを。

それでも、思ってしまうんだ。

こんなのは無駄な先延ばしだ。

卑怯なモラトリアムだ。

だけど、今は——

伊理戸結女◆卑怯な私

あなたは、卑怯だと思う？

心は決まっているのに、今この瞬間が心地いいって思う私のことを。

狸《たぬき》寝入りして、あなたが触れてくれるのを待っている、人任せな私のことを。

それでも、思っちゃうの。

こんなのは無駄な先延ばし。

卑怯なモラトリアム。

だけど、今は――

――もう少しだけ、このままで。

あとがきに代えて　復活の各話一言コメント

前巻、前々巻と、書いている自分でもこんがらがるような難しいテーマの話が続いてしまったので、今回は結女《ゆめ》の環境が大きく変わるのにも合わせて、原点回帰とも呼べる気楽な、ザ・ラブコメの巻にすることにしました。何よりサブタイトルの通り、もうちょっと両片想《おも》いの状態を眺めていたいしね。何ら恥じるところのない、堂々たる引き延ばしです。

そういうわけで、あとがきも一巻に倣って各話一言コメントとします。どうぞ。

●――第一話：好きな人が家にいる

本格的に違う世界に生き始めた二人に、それでも残っている繋《つな》がりの話です。

生徒会メンバーの男女比はいろいろ考えたんですが、まあ羽場《はば》くんが背景になっちゃってるなら全員女の子でいいか、という短絡的な結論になりました。奈須華《なすか》とかもそうですが、私は某きらら的な女子四～五人のグループを書くのが好きです。でもカップルも書きたかったのでOBにお出《い》でいただきました。

結果として、前期生徒会で登場してないのは庶務だけとなりましたが、いつか出てくるんでしょうか。会長とかじゃなくて庶務が謎って、すごい強キャラ感ない？

あと、ここに限りませんが、今回、詰め込みすぎて挿絵の数が足りなくなりました。そのため、普通なら挿絵が付いたはずの漫喫のシーンもイラストなしに。ライトノベルの難しいところよ。ファンアート募集。

●――第二話：あなたの顔を赤くしたい

バスタオル姿で迫る話、これで何回目だ？　いいんです。いいシチュエーションはどれだけ擦《こす》ってもいい。

この回を書いていて思いましたが、ラブコメというものは、登場人物が全員アホになってるほうが面白い気がします。前巻までの水斗《みずと》はＩＱが高すぎた。今巻からはいい感じにアホになっていて、あーこれこれ！　って感じがします。

愛沙《あいさ》はひどく私の趣味が入ったキャラですが、この回ではかなりいい働きをしてくれたのではないでしょうか。なんで実績を出してない奴《やつ》ほど人にアドバイスしたがるんでしょうね？

●――第三話：君が見ている僕のこと

体育祭です。私的にどうでもいい行事なので、スルーしようかなとも思ったんですけど、そういや借り物競走があるなと思い直しました。ちなみにチェンジのルールは私が適当に考えたものなので、実在するかどうかは知りません。

結女が生徒会という新しいコミュニティに触れたように、ここで水斗やいさなが奈須華と麻希《まき》に接触します。どういう意図があるかというと、なんかノリで。結女も含めて全員集合すると総勢七名にもなり、書くのが大変なのであんまり集まらないでほしいところです。まあ、水斗といさなは結局のところ、集団の中でも二人で固まってしまうので、大した環境の変化ではなさそうですね。

たかやK・i先生は下着を描くのがすごく上手《うま》いので、イラストに入れたいなあと前から思っていたんですが、ついに今回実現しました。そしたら壊れてました。いさな……。

●──第四話：きっとあなたが見守っているから

お気楽なラブコメ巻といえどもたまには真面目な顔もしとくか、という話。

明日葉《あすは》院《いん》さんはどいつもこいつもポンコツな恋愛をしている生徒会にあって、屈託なく愛《め》でることができる唯一の存在です。この子の男嫌いは直す予定ゼロ！　次の話でチラッと出てる愛沙の妹についてはこの限りではありませんが……。そっちの話もいつか書いてみたいところです。

あ、そうだ言ってなかった。愛沙の妹＝文化祭にいた男嫌いの女子中学生、です。髪型が姉と一緒でしょう？

●——第五話：もう少しだけこのままで

お待たせしました誕生日回です。十一月三日という日付は、十一も三も素数——つまり『割り切ろうとしても割り切れない』ってことで決まりました。

途中登場ゆえ、生徒会メンバーの夏までの話が書けない、という問題を解決してくれた回でもあります。鈴《すず》理《り》と愛沙が自慢したがりで良かったね。二人の水着姿や冬服姿も見たかったんですが、例によって挿絵の数が足りませんでした。これもファンアート募集。

水斗と結女には、本当に書く直前までデートに行ってもらうつもりだったんですけど、蓋を開けてみるとまったく行きませんでしたね。そりゃそうだ。書いてて気付きましたが、誕生日って恋人よりも家族寄りのイベントなので。結果、意外とまったりした形に。

最後の挿絵は結構前から書きたかったシーンで、久々にこちらからイラスト内容を指定しました。世界よ、これが両片想いだ。

……ところで、昔の水斗が贈った誕プレは桃色のブックカバーだったらしいですけど、ここで一巻の表紙を見てみると……？

久々に難しいことを考えずにラブコメを書けたので非常に楽しかったです。次回は真面目に、六巻で張っておいた伏線を回収……するかもしれないし、しないかもしれません。今回は川波《かわなみ》・南《みなみ》ペアの出番が少なかったので、次回はフィーチャー……するかもしれないし、しないかもしれません。わからん。

そんなわけで、紙城《かみしろ》境介《きようすけ》より『継母《ままはは》の連《つ》れ子《ご》が元《もと》カノだった7　もう少しだけこのままで』でした。もう少しと言わず、あと五冊くらい続けないか？